HERMES

在古希腊神话中，赫耳墨斯是宙斯和迈亚的儿子，奥林波斯神们的信使，道路与边界之神，睡眠与梦想之神，亡灵的引导者，演说者、商人、小偷、旅者和牧人的保护神……

西方传统 经典与解释 HERMES
Classici et Commentarii

荷马注疏集

程志敏 ● 主编

不为人知的奥德修斯
——荷马《奥德赛》中的交错世界

The Unknown Odysseus:
Alternate Worlds in Homer's Odyssey

[美]诺特维克 Thomas Van Nortwick | 著

于浩 曾航 | 译

安菁 刘禹彤 | 校

华夏出版社

古典教育基金·"资龙"资助项目

"荷马注疏集"出版说明

文兴于诗,理源于史。诗亡然后有史,道术崩裂而诸子崛兴,从此一发不曾收拾,以至于今。在中国,由经而子,等而下之;在西方,从诗到史再到哲学,每况愈低。国人早先在退化史观中能够通过比较认识到眼前的不足,而虔敬谦和的古代西方人在神明和远祖面前,也曾时时感到一己的卑微无力,目睹了无法遏制的沉沦堕落历程,但现代的进步论则带来盲目的乐观和尚未来得及反思的灾难。是时候了。但天人不究,古今未通,何以言言?

亚子云:从源头开始,才有最好的观察(《政治学》1252a24-26)。刘子曰:"励德树声,莫不师圣,而建言修辞,鲜克宗经"(《文心雕龙》)。为何要"宗经"?曰,"经也者,恒久之至道,不刊之鸿教",其"象天地,效鬼神,参物序,制人纪"之德之能,又岂止"建言修辞"之功、"文章骨髓"之极?

西方最早的"经"就是"诗"(国朝亦然),"荷马史诗"差不多是古希腊唯一的"经",而荷马则是"最神圣者"(柏拉图语)。宗经即明诗,师圣以承教(尽管"承"法各异)。然则,为何诗、经一体?王者迹前,先有神明,神明之后,才有诗——诗乃是神明的遗教,而受神明启示并作为其代言人的"缪斯的仆人",他们所吟唱的便是经天纬地的良法。或曰,诗在"幽赞神明"之中铺观列代,以明纲纪(刘勰语)。《荷马史诗》在古希腊就不仅是让人温柔敦厚的《诗》,也是疏通知远的《书》,广博易良的《乐》,絜静精微的《易》,恭俭庄敬的《礼》和属辞比事的《春秋》了——"神圣的荷马"所作的《荷马史诗》乃是西方最古老的"圣经"。

　　荷马具有神圣的乃至灵异的天性(德谟克利特语),所以这位"最伟大和最神圣的诗人",这位"最智慧的人"(赫拉克利特语),不仅教育了希腊(柏拉图语),而且像奥克阿诺斯的不绝源泉一样,滋养了整个西方文明,"神圣的荷马"甚至成了才情文思乃至文教典章的评判标准。既然这位盲人的确有能力让我们看到了他自己无法看见的东西(西塞罗语),那么,就再次恭请荷马为据说已经在"新黑暗时代"中迷失方向的我们这些明眼人指路吧。

　　最后特别需要说明的是,很多古经长期归在"荷马"名下,但近现代疑古之风大盛,众多经典都在科学考证的手术刀下伤痕累累,甚至被打入冷宫而成了刀下之鬼。所幸的是,人们在渎神的迷狂中醒来后,发现如此科考,得不偿失。在目前文献不足的情况下,我们认为,那些被归在荷马名下的著作,还是回复到它们最古老的状态中,好让我们不再纠缠于外在的形式,转而深入到更根本的问题上来,所谓"不以流之浊而诬其源之清也"(颜元语)。我们便依据牛津本的做法而把它们都收入"荷马注疏集"中,以利"师圣"和"宗经"——况于当今世风之中,"正末归本,不其懿欤"(刘勰语)!

古典文明研究工作坊
西方典籍编译部丙组
2010年7月

献给玛丽

是她教我懂得了何谓心意相通

目　　录

序 …………………………………… 1

致　谢 ……………………………… 7

第一部分　奥德修斯的造就

1　英雄出现 ……………………………… 2
2　行动者奥德修斯 ……………………… 31

第二部分　奥德修斯的消解

3　颠覆性的匿名 ………………………… 58
4　编造的生平 …………………………… 85
5　赫耳墨斯守护的对象：作为伪装者的
　　奥德修斯 …………………………… 108
6　沉睡者醒来：扮作乞丐归来 ………… 127

跋　言辞／世界……………………………… 157

参考文献 ……………………………… 164

索　引 ……………………………… 169

序

> 朗朗乾坤，谁愿作无名之人？
> 但说实话，唯有无名之人，方能游刃有余。
> ——默顿（Thomas Merton）

[vii]对古希腊英雄而言，不被歌颂就等于已经死去，没有任何地方比《奥德赛》对这一等式的刻画更为真切，该史诗的一个重要主题就是把匿名与不存在等同。从特洛伊返乡途中，奥德修斯不仅必须避免肉身的毁灭，还必须避免永久地陷入在史诗看来与死亡无异的各种无名状态（namelessness）。这一情节命令与故事的主导性视角一致。众所周知，奥德修斯活着就是为了回到故乡伊塔卡。在《奥德赛》中，我们最先在卡吕普索之岛的岸边见到奥德修斯，那时他瞭望大海，心中悲戚，思念妻子和家人。他是如此忠诚，即便已经和一位性感的女神同床共枕七年——其间也有他情愿的时候——亦不能诱惑他将婚姻中的种种欢愉完全抛诸脑后。此外，他返乡后不仅能恢复国王、丈夫、父亲和儿子的角色，还能重获作为存在者的身份。通过杀死众多求婚者，他突破了无名状态，再次成为"奥德修斯"。

这便是史诗关于英雄主人公的主要情节。但有时，这位主人公自身会偏离这一主线。从他口中我们[viii]得知，在库克洛普斯岛上，他自讨苦吃，导致几位同伴被独目巨怪吃掉；接着，他执意派遣侦查小队前往基尔克的洞穴，在那里，这些不幸者（不包括奥德修斯)被变成了猪。两次走弯路对于返乡均无必要,而且都招致了灾祸。更糟糕的是,他借助赫耳墨斯的灵药降伏了魔女基尔克后,却与她耽溺了一年时光,直至同伴说服他重新踏上归途。这些都不是整个生命只为追求一个单一目标之人的所作所为。

当我们注意到史诗中的下列情节时,事情变得越发复杂起来:为了在伊塔卡恢复其完整的身份,奥德修斯真真确确地变成了"无名之人",甚至在多个场合借用各种虚假的和偶然想到的身份;并且,为了再度成为高贵的王者——其无瑕品质与纠缠在佩涅洛佩周围的那堆奸诈愚人形成鲜明对比,他不停地对敌人和朋友撒谎。晚近一些古典学者关于《奥德赛》的评论,特别是默纳汉(Murnaghan)、佩拉多托(Peradotto)和菲尔逊(Felson)的评论,集中关注这部史诗如何容纳这样一个流氓英雄,乃至容纳有关人类经验的两种景象。① 佩拉多托从俄国文艺理论家巴赫金(Bahktin)的理论出

---

① Felson(1997)关注佩涅洛佩,但同样分析了"可能的情节",诗人铺陈了其故事线索,却并未继续往下追踪(参 X – XI),这样的线索暗示了人物性格发展的另外一些方面。Peradotto(1990)探究了故事情节和诗中英雄的各种可能的变体(可重点参考页 59 – 93)。Pucci(1987,页 13 – 15)提出,围绕奥德修斯在返乡途中是否改变这一问题,可以形成两种彼此对立的解读。我的解读同样接近于 Katz(1991)对于史诗的研究,他的研究着重于佩涅洛佩性格中的"不确定"元素,即一种以互文的形式在文本内部所形成的开放性。我的解读还接近于 Doherty(1995),他探讨了对《奥德赛》的"开放"解读与"封闭"解读之间的关系。对我的论点来讲,或许最重要的是 Murnaghan(1987,页 178)关于《奥德赛》中未有定论的"两种相反的人类生活景象"言简意赅的定义。我认为,这卓越的书在很多方面启发了我的研究,但它仍未获得应有的重视。同样,还可以参见 Gregory(1996,页 17 – 19)。我在完成本书后还阅读了 Buchan(2004)。我对他很感兴趣,虽然我们的研究路径不同,但他也触及到了我在这里提到的诗歌的一些特点。特别是他著作的第六章以及第七章,基于 Peradotto 的后结构主义范型以及拉康和齐泽克的理论,探究了史诗中其他人物对于奥德修斯的影响(很遗憾我错过了机会,未能更充分地汲取他带来的引人入胜的解读)。

发,将观察这两种景象的视角称为"向心式的"(centripetal)和"离心式的"(centrifugal),此处的"中心"代表语言或文化中一切力量的目标,它发挥使一切统一、均质化以及层次化的影响。① 最终,《奥德赛》似乎驯服了种种试图逃离那可敬的中心的冲动。奥德修斯返乡,自揭身份,杀死求婚者,大概从此过上了幸福安稳的婚姻生活。他巩固了因名声而来的固定身份,而根据整本书的主导观点,这种固定的身份只有他安留在家才能实现。此时的奥德修斯安全脱离了种种可能使他永久无名的灭绝性力量,也顺利摆脱了各种临时身份。

显然,不是所有听过这一故事的人都相信奥德修斯非常恋家这个说法,因为在古代文学的史诗传统中,我们知道的多数结局都是英雄继续踏上冒险之路。② 荷马似乎塑造了一个对返乡故事而言过于复杂且难以预料的角色:我们难以相信这个奥德修斯会真正满足于伊塔卡的生活。如同近代另一位学者评价的那样,他绝不是只会赖在门廊上的恋家犬。

奥德修斯个性中那些颠覆性的、离心的方面,让我们沉思他的无名与他身份的转换具有何种更深的义涵。奥德修斯的隐姓埋名和乔装打扮使他在史诗的各种场合即刻获取了战略性优势——他了解别人远甚于别人了解他,而在《奥德赛》中知识就是力量。但匿名和伪装往往也是伪装者、流浪者和无家可归者常用的手段,他们可以借此突破森严的戒备,进入强势者的辖区。通过这种欺骗式的、非英雄式的做法,正如海德(Lewis Hyde)近来提醒我们的那样,伪装者能穿过既定系统保护膜上的薄弱环节,进入若非如此则仍会继续向我们隐藏的更为宽广丰富的存在。③ 显然,当奥德修斯

---

① Peradotto(1990,页53 – 58)。
② 参见 Stanford(1963,页81 – 89);Clark(1981)。
③ Hyde(1998,页171 – 199)。

装扮成一位年老的乞丐回到自己家的时候,他类似于这样的伪装者。更进一步的问题是,奥德修斯寓于这样一个角色之中,是不是要以更坦率、更直接的英雄所不能的方式来打开史诗的世界呢?反过来说,人物经历的哪些方面,是被故事情节的"向心式"动力所排除在外的呢?而史诗又怎样确认并且——至少是通过暗示——评估其中的损失呢?

正如我的标题所示,我探察的这两种视角,与奥德修斯回归前他在伊塔卡的地位相关联,从而也意味着与他回归作为国王、丈夫、父亲和儿子的完整身份相关联。他竭尽全力穿越地中海,一路上的冒险让他一再地以一个无名异乡人的身份到达一个又一个新的地方,努力用各种各样的方式寻得安全,最后揭示他的姓名,以凯旋的姿态重申其英雄身份。每一次循环,都意在为他最后到达伊塔卡这一高潮作铺垫。一路上,奥德修斯神圣的守护者雅典娜也精心策划了他的行程,其手段有时被诗人比拟为艺术家创造他的杰作。雅典娜的作用仅仅代表了《奥德赛》中众多艺术创造的一个例子,其中最常见的例子当然是讲故事。在这个意义上讲,奥德修斯凭借自身的努力以及雅典娜的干预,从被海上神女卡吕普索囚禁在岛上开始,到最后重获伊塔卡统治权的这段返乡经历,也可以视为奥德修斯的造就(making)——或者再造(remaking)。

奥德修斯英雄式回归的故事同样是一个再造伊塔卡独特的英雄世界的故事。如我们所见,生活在这样的世界,就是居住在某种神话的王国。然而,并非所有《奥德赛》的人物都能自在地适应这个世界。事实上,最为明显的不适应便体现在奥德修斯本人,体现在他采取某种伪装之时。只要我们了解到"真正的"奥德修斯从未受到伪装的影响,而是隐秘地潜伏在暗处操纵他人,这种脱节就可以忽略不计。但我将会论证,以艺术创造的其他种种范型为背景,诗人坚持指出雅典娜的介入,[x]这是在敦促我们打开视野,从神话故事的必然律令中分出神来，看到更广阔的人类经验，而不是仅仅局限于那个神奇国度所限定的人类经验。随着我们脱离返乡故事本身，奥德修斯性格中的另一个面相也将得到揭示，而这将影响到我们如何去理解史诗所创造的关于人类经验的描述。

换一个说话，奥德修斯消解在各式各样的非英雄角色中，这恰恰是在建造一个更广阔的世界。大多数关于《奥德赛》的研究都认为，英雄奥德修斯才是真正的奥德修斯，他在雅典娜的帮助下建立起来的伊塔卡世界才是史诗唯一认可的真实世界。用这种方式解读《奥德赛》会受到雅典娜的蒙蔽，把这部诗歌仅仅等同于神话，从而使故事丧失其深度和复杂性，看不到史诗在描述人类经验方面的深厚广博。接下来，我将首先从"向心式"回归故事的角度，也就是奥德修斯的造就来解读诗歌，然后转向奥德修斯的种种"离心式"角色所揭示的另一景观，也就是作为新世界之构建的英雄的消解，从这一视角来解读这部史诗。

为了解释史诗中那让我觉得成问题的东西，我开始思考《奥德赛》中两个相互交错的世界。一方面，与其他现存的古代经典一样，这部史诗持续激发着后世读者和创作者的想象力。但另一方面，我也一直认为，归返故事本身虽然在很多方面富有吸引力，也能自圆其说，但仍缺少必需的复杂性和充实性，无法解释史诗经久不衰的魅力。我赞叹奥德修斯为返乡所作的努力，又为他敏捷地战胜怪兽，离开令人迷乱的女人而欢呼雀跃，也欣赏他在伊塔卡由无家可归的乞丐成为万众瞩目的国王这一历程中的快意反讽，所有这些阅读的愉悦都不应该受到丝毫低估。但我仍错失了某些东西，它类似于荷马笔下令人伤脑筋地赋予阿基琉斯的那种引人深思的卓越，又或者索福克勒斯对俄狄浦斯壮年和老年的描绘。

近期学术研究不仅借用后结构主义理论去探索关于奥德修斯人物角色的其他意涵，也从不同视角解读了他的人生经历，这些研究启发了我对《奥德赛》的叙事以及其中英雄天性的思考。正如本书注释和参考文献中所证实的,这一新的诗歌解读方式在古典学术领域已经形成了一股稳定的潮流。但与此同时,我发现很少[xi]有著作尝试对这些不同的观点进行详尽的解释,以展现给更多非专业领域的读者。我希望我的观点能够引起专业研究人员的兴趣,但我的目标是吸引文学爱好者,他们可能不像专业古典学者那样熟悉文学研究的当下趋势。基于此,我花费了比针对专业读者更多的时间去复述故事,虽然这对专家而言并非必要。我也不打算明确依靠任何理论范型去支撑我的解读。熟知近现代研究进路的人,可能会发现我的解读除了吸纳人类学视角下的民俗研究成果,尤其是其中的伪装者角色及其所体现出的荣格的人格分析成果外,还受到了读者导向的批评思想和后现代自我建构模式的影响。除非另有说明,文中涉及《奥德赛》或其他文献的翻译均由笔者自己完成。

致　　谢

[xiii]本书写于1999年到2000年我获得欧柏林大学研究资助期间,并于2001年秋季学期继续加以完善,那时我在普吉特海湾大学人文学院作詹姆斯·杜里维特访问教授。非常感谢这两所大学的支持。特别感谢我在普吉特海湾大学的两位同事,普兰格(Molly Pasco-Pranger)和加瑞特(Robert Garrett),多亏了他们的陪伴和支持,我在西北部那段日子变得熠熠生辉。这本书的一些核心论点也为2001年我在普吉特海湾大学、维多利亚大学和斯坦福大学的演讲打下了基础。同时也感谢那些研究古希腊典籍的同事,让我有机会将自己的想法拿出来切磋。

写作本书的许多材料都来自我这33年来在欧柏林大学的积累。我用希腊语和英语给本科生讲授《奥德赛》,这对我形成自己关于诗歌的看法起了非常重要的作用。也要感谢和我一起研究古典的同事们,他们是格林伯格(Nathan Greenberg)、海姆(James Helm)、奥曼德(Kirk Ormand)、林恩(Jennifer Lynn)、威尔伯恩(Andrew Wilburn)以及李(Benjamin Lee)。在过去的这些年里,我们一起讨论并教授荷马的作品。他们深刻的见解启发了我的作品,我们的友谊也给我的生活带来了源源不断的欢乐。巴尔内斯(Karen Barnes)是古典研究所的行政助理,在过去23年中帮了我数不尽的忙。没有她的支持,我的任何作品都不可能问世。

[xiv]与密歇根大学出版社的合作是另一件令人愉快的事。古典学术编辑赫伯特(Christopher Hebert)和他的助理编辑扎查耶瑞

(Christine Byks – Jazayeri)在整个作品的出版印制过程中给了我非常宝贵的建议和支持。也感谢出版社两位匿名的读者,他们透彻而深入的阅读有助于提高本书的质量,使我避免了不少差错。

尤其要感谢我的朋友兼同事,欧柏林大学的退休英语教授朗曼(David Young, Longman),他通读全部手稿并提出了非常宝贵的意见,使整本书在付梓之前更加完善。在过去一年校订此书的过程中,他给予我的鼓励与支持无比珍贵。

我的妻子玛丽(Mary Kirtz Van Nortwick)一如既往地支持我,为我提出建议。我与她讨论了本书中的大部分观点,多方得益于她源源不竭的智慧并享受我们之间的共鸣。我将这本书献给她,以表达我诚挚的爱与谢意。

第一部分

奥德修斯的造就

1
英雄出现

[3]在现代读者心中,"奥德修斯"是一个业已塑造完成的人物:我们知悉他的一切。但不可否认的是,我们一直从漫长传统的终点来了解这位英雄。① 任何特定的认识都应置于故事所虚拟的广阔背景之下,从这个意义上来说,我们对奥德修斯的认知只应从这部史诗得出。在西方文化中,奥德修斯最早出现于《伊利亚特》中,并且《奥德赛》中的人物形象有悖于前者,②但是,我们通过史诗所知悉的荷马笔下的奥德修斯形象,最终且主要体现在《奥德赛》中。

在《奥德赛》中,造就奥德修斯的过程在多个层次上得到呈现。与任何虚构的角色一样,当我们跳出故事结构本身来看时,奥德修斯对我们而言就算形成了。同时,随着奥德修斯在长时间缺席之后再次出现,他也在叙事框架内重新成为了自己。当然,他曾是特洛亚的"奥德修斯",他那时所做的一切确立并保证了他作为勇士的身份。这部史诗吸收了《伊利亚特》中的这种奥德修斯形象,我们从涅斯托尔、墨涅拉奥斯和海伦处听到一些关于这一奥德修斯的描述。但《奥德赛》并非一部战争史诗。故事中向心式的英雄必

---

① 参见 Stanford(1963);Clarke(1981)。
② Pucci(1987)主张荷马的两部史诗之间存在一种复杂的互文关系,他认为《奥德赛》中的许多内容可以在《伊利亚特》中找到背景材料,反之亦然。

须是一个不同版本的奥德修斯,他的身份植根于伊塔卡。由于他的归返成问题,所以他的身份也成了问题:在他回到故土重新肩负起国王、丈夫、父亲和儿子的角色之前,他都不是完全意义上的他自己。

基于上述原因,奥德修斯的造就是《奥德赛》[4]的基本义涵。①随着奥德修斯在不同层面上的出现,我们可以反思其存在的条件,尤其应该追问:关于史诗如何连缀以及如何反映人物身份之谜,这些存在条件告诉了我们什么?

第一卷:英雄缺席

《奥德赛》以英雄的缺席开始。事实上,史诗前四卷——从某种程度而言甚至前二十二卷——都在告知我们奥德修斯的缺席以及伴随缺席而来的所有可怕后果。史诗的向心式情节自始至终围绕着填补政治和家庭空缺的需要展开。这位国王二十年前离开伊塔卡前往特洛亚留下的王位,亟需国王的胜利归返抑或一名乃至多名继承人来填补。从这个意义上讲,诗歌以喜剧的形式叙事,围绕着复位而展开:故事中的一切,无论是凡人的欲望抑或苦难,还是神的愤怒抑或垂怜,皆不能越过这一首要的动机。

谁来恢复秩序,如何恢复? 这是诗歌戏剧性地呈现给我们的首要问题。由于失序出现在多个层面和维度,因此整体的或部分的复位可能以多种不同的方式实现。奥德修斯留下了四个关键角色的空缺:伊塔卡的国王、佩涅洛佩的丈夫、特勒马科斯的父亲、拉埃尔特斯的儿子。只有前两个角色可由奥德修斯之外的其他人来填补,而且未必需要同一人兼任,接替奥德修斯成为佩涅洛佩之夫,并不

---

① 参见 Murnaghan(1987,页84)。

意味着自动继承伊塔卡的王位或国王的财产。① 史诗似乎暗示我们,如果佩涅洛佩因奥德修斯死亡而放弃等待,她大可回到娘家,她的父亲自会让她改嫁(例如 1.291–292;2.114–115;16.74–77; 20.334–337)。另一方面,特勒马科斯成年之时,会成为父亲财产和王位理所当然的继承人,但他不可能成为母亲的新任丈夫。

故事开端之际,这些差别并没有呈现给我们,或许是因为早期的听众无须解释也能明白个中差异。无论如何,直至第四卷结尾(663–672),我们才知道求婚者们正密谋杀死特勒马科斯(在此之前诗人总是含糊其辞)。这不仅是为了迎娶佩涅洛佩,也可能是为了给王室之外的人[5]攫取奥德修斯的财富和王位扫清障碍。至于拉埃尔特斯,我们可以想象奥德修斯和特勒马科斯死后,等候他的将会是什么。

即使在我们得知求婚者对特勒马科斯的阴谋之前,故事本身内含的道德范型也已清楚地表明,没有一个求婚者配得上取代奥德修斯成为佩涅洛佩的丈夫。同时,尽管特勒马科斯初具威仪,但他尚未准备好代父为王。伊塔卡局势的复杂性留下了解决混乱失序的许多可能途径,叙事者也意在保留这些可能性,但我们仍然可以强烈地感觉到故事的必然结局,即奥德修斯将胜利归来。

为了还乡,奥德修斯必须不惜一切代价活下来。为了这一目标,他看起来已全副武装,令人惊羡。史诗(1.1–11)凸显了他的足

---

① 有关奥德修斯家族继承权的问题有很多争议。如果父亲已死,为何特勒马科斯不应成为伊塔卡的新国王(例如1.387)?在儿子失踪之后,拉埃尔特斯又为何不能成为国王?对此我们均无从知晓。M. Finley(1978,页84)注意到了这些问题,并假定正确的继承权应该是父系制的。近来,Finkelberg(1991)有力地提出,在政治上由男人主导的社会中,存在一种由婚姻关系支撑的王权体系。

智多谋(polytropon 1.1)、①机智与自制。他历经磨难,阅历丰富,纵使徒劳无功,他也极力挽救处在死亡边缘的同伴。接下来的一百余行诗交代了大部分我们所需知道的奥德修斯的处境。他独自一人在还乡路上,被困于卡吕普索的岛上;其他所有希腊人不是返抵家园就是死了,或者回家后死了——阿伽门农在回家后遭到了谋杀。虽然某种意义上孤身一人,奥德修斯却是诸神的宠儿——除了波塞冬不宠爱他以外。后者因其儿子独眼巨人波吕斐摩斯(Polyphemus)的眼睛被奥德修斯弄瞎而怀恨在心。奥德修斯的保护神雅典娜成功说服其父宙斯,让她指派赫耳墨斯给卡吕普索传达释放奥德修斯的命令。② 与此同时,雅典娜也将前往伊塔卡,激励奥德修斯之子特勒马科斯,告诉他必须直面那些纠缠佩涅洛佩的求婚者,然后他还要去皮洛斯和斯巴达打听有关父亲还乡的消息,赢得自己的kleos,即"声名"。雅典娜来到伊塔卡,伪装成门特斯(Mnetes),发现特勒马科斯无法镇住这些粗野无礼、消耗奥德修斯家财而寻欢作乐的求婚者。这位英雄之子虽然不能控制家中局面,但很快占据了道德高地:他欢迎异乡人,为他提供休息场所和餐食。殷勤待客是史诗表现道德品质的主要方式,而求婚者们对门特斯的忽视进一步抹黑了他们的整体品性。③

开篇场景重点描述坐在求婚者中间的特勒马科斯,揭示了奥德

---

① 关于奥德修斯的足智多谋,可参见 Nagy(1990 页 18 – 35);Murnaghan(1987,页 10);Pucci(1987,页 16 – 17,页 127 – 128,页 149,页 150);Murnaghan(1995);Clay(1983,页 30 – 31);Hyde(1998,页 51 – 54);Marquardt(1985)。

② 雅典娜作为奥德修斯的守护者,参见 Stanford(1963,页 25 – 42),关于雅典娜是奥德修斯回归情节的编排者,参见 Reinhardt(1960,页 45),同时 Felson(1997,页 5)认为,在《奥德赛》中,雅典娜与波塞冬截然相反的行事方式构成了整个《奥德赛》的情节发展。Pucci(1987,页 19 – 12)亦强调了雅典娜的角色。

③ 关于《奥德赛》中好客这一主题的研究,可参见 Reece(1993);Edwards(1975);Lateiner(1993);Pedrick(1988)。

修斯的缺席对故事的本质意义所在。男性权威的缺失导致了伊塔卡几个层面的混乱:王国、王室、奥德修斯之妻全都处在一种[6]无人领导的失序状态。① 求婚者们无所拘束,在奥德修斯的宫殿里为所欲为。特勒马科斯徒劳地抱怨,断定父亲的尸骨已在日晒下褐色,而自己却无力填补王位的空缺。同时,我们会发现,拉埃尔特斯已流放乡野。佩涅洛佩下楼阻止吟游诗人斐弥奥斯(Phemius)歌咏希腊人归乡,她说,这歌太令人悲伤,让她想起自己享有盛名的丈夫。在特勒马科斯反驳了她的说法后,她泪水涟涟地回到寝间。因为奥德修斯的缺席,他的妻子沦落到无助哭泣的境地。②

在同意释放奥德修斯之前,宙斯念叨着凡人不完美的本性,并提出了一个重要的范型,据此,我们可以在故事中始终保持自己的方向感(1.32–43):③

> 可悲啊,凡人总是归咎于我们天神,
> 说什么灾祸由我们遣送,其实是他们
> 因自己丧失理智,超越命限遭不幸,
> 如现今埃吉斯托斯超越命限,奸娶
> 阿特柔斯之子的发妻,杀其本人于归国时,
> 虽然他自己也知道会暴卒,我们曾警告他,
> 派遣目光犀利的弑阿尔戈斯神赫耳墨斯,
> 要他勿杀阿伽门农本人,勿娶他妻子:
> 奥瑞斯特斯将会为阿特柔斯之子报仇,

---

① Wohl(1993,页24)。
② 针对这一点,可参见 Pucci(1987,页195–208)。
③ 现有成果已广泛论述了这段话对于《奥德赛》中关于神圣正义的描绘的意义。例如可参见 Clay(1983,页213–239);Rytherford(1986,页148);Nagler(1990);Segal(1992)。

> 当他长大成人,怀念固有的乡土时。
> 赫耳墨斯这样善意规劝,却未能打动
> 埃吉斯托斯的心灵,欠债已一次清算。①

在此,我们再次看到男性权威缺失会如何导致混乱。宙斯试图介入以帮助失踪的国王,但埃吉斯托斯缺乏必要的自制,没能远离阿伽门农之妻克吕泰墨涅斯特拉(Clytemnestra),结果 hyper moron,也就是"超越了命限"。阿伽门农遭谋杀表明其权威本来已丧失,但由于成人后的奥瑞斯特斯的介入,这一权威和秩序得到恢复。

故事像磁铁从上方经过铁屑引起的效果一般,塑造了我们所知的伊塔卡的模样。奥德修斯必须归返,但得步步留心。同时,特勒马科斯必须成为能与他父亲比肩的人物,做好在必要时填补男性权威空缺的准备。埃吉斯托斯和奥瑞斯特斯的故事除了直接用作奥德修斯家庭的范型之外,[7]更主要的是指出了自制对于维护正常秩序的关键作用。② 现在,我们可以大致看看奥德修斯返乡的威胁。他必须防范波塞冬和那些求婚者,也许还包括他的发妻。他的船员们也是他归程的另一潜在障碍,史诗对这些人缺点的描述,与宙斯通常用来描绘凡人缺点时用的是同一个词——atasthalian,也就是"盲目愚蠢":与埃吉斯托斯一样,这些同伴不能自制而杀了太阳神的牛群;也像埃吉斯托斯一样,他们要以死亡来偿付自身的过错。③ 最终,我们发现奥德修斯的返乡之路不仅危险,而且孤独。

---

① [译注]《奥德赛》1.32-43,王焕生译,北京:人民文学出版社,1997。除特别说明,《奥德赛》译文皆采自王焕生译本,偶尔据英文略有改动。

② 关于阿伽门农的家庭作为《奥德赛》的范例,进一步可参见 Olson(1990)及后附参考文献。

③ 参见 Clay(1983,页 213-239);Rytherford(1986,页 148);Nagler(1990);Segal(1992)。

预告:特勒马科斯和特勒马科斯的故事

在第二卷到第四卷中,特勒马科斯必须踏上历险之路,以准备助其父一臂之力。① 这就需要做到两件事:首先,他必须尽其所能了解奥德修斯,寻觅他身在何处,弄懂他是什么样的一个人,这样他才能在父亲返乡后做好自己的分内之事;其次,他必须成长起来。两项任务互相关联,因为特勒马科斯必须尽可能多地了解他的父亲,以便将父亲作为自身走向成熟的典范,同时,为了成功地完成这次旅程,他必须成长起来。特勒马科斯自我转变的必要性由此成了这一部分故事的主要内容。但这一转变仍然服务于史诗设定的更大目标,也就是让奥德修斯恢复原先的身份。也就是说,特勒马科斯必须改变,以便阻止伊塔卡发生改变。② 他必须作好接手成为伊塔卡领导人的准备,只有这样他才能够确保自己不必成为领导人。这一悖论直至第二十一卷才结出最丰富的果实:当特勒马科斯正要拉弓引弦时,奥德修斯摇头阻止,特勒马科斯便假装失败。弓弦松开后,我们感觉到故事情节也同样松弛下来,因为他们父子避免了史诗一开头就建立起来的代际冲突。③ 奥德修斯的"返乡"至少恢复了他的决定性角色中的一个,即父亲的身份,特勒马科斯也作为与英雄相称的儿子成了奥德修斯的继承人。

在皮洛斯和斯巴达,特勒马科斯遇见了他父亲的朋友们,这些

---

① 关于特勒马科斯和特勒马科斯的故事,可参见 Calhoun(1934);Clarke(1963);Rose(1967);Murnaghan(1987,页 34 – 37,页 159 – 166);Felson(1997,页 67 – 91)。

② Felson(1997,页 95 – 96)讨论了特勒马科斯另一条可能的人生轨迹,即步埃吉斯托斯之后尘。

③ 有关弓箭竞赛,可参见 Clay(1983,页 89 – 96)。

人开始向他,同时也向读者提供更多有关奥德修斯的消息。从涅斯托尔处,特勒马科斯知悉了奥德修斯在希腊人中拥有无法比拟的 metis,即"睿智",并且擅长 doloi,即"谋略"(3.120 – 122)。① 这位老者发誓说,像特勒马科斯这般谈吐的年轻人,只会是[8]能言善辩的奥德修斯的儿子。在此,涅斯托尔客套谦虚地说奥德修斯和他志趣相投,这也是他们关系密切的基础:他们在全军大会和议事会上从未发生过分歧(3.126 – 129)。第一卷中奥德修斯的形象在此得到证实并放大。奥德修斯的机智、阅历以及通过演讲说服他人的能力,我们已经很熟悉。我们知道奥德修斯也会用用他的机智来行骗,这种在道德上的狡猾品质,似乎使其原初形象复杂化了,但至少在此刻,涅斯托尔对奥德修斯的赞赏以及与其志趣相投的陈述,打消了我们心中可能存在的疑虑。

在斯巴达,奥德修斯进一步浮出水面。墨涅拉奥斯说奥德修斯是斯巴达国王最喜爱的人。当木马中的其他人(包括墨涅拉奥斯自己在内)按捺不住要回应海伦充满诱惑的呼唤时,奥德修斯克制住了自己,并让他们保持安静(4.269 – 289)。② 海伦每每讲述奥德修斯所经历的各种"苦难"(tlenai)时,总是会回忆起他对特洛亚的偷袭,崇拜和喜爱之情溢于言表:奥德修斯故意把自己弄得很丑,乔装打扮成一个乞丐,潜入特洛亚城,瞒过了除海伦之外的所有人。海伦显然攻破了奥德修斯的防线,她为其沐浴,给他换上好衣服,并发重誓为他保守秘密。③奥德修斯这才将阿开奥斯人的计划告诉海伦,然后他溜出城去,杀死了路上遇到的特洛亚人(4.242 – 258)。

---

① 参见 Murnaghan(1987,页60)。
② 有关墨涅拉奥斯和阿伽门农的故事作为制造反讽和悬念的工具,可参见 Olson(1989);Felson(1997,页97 – 99)。
③ Murnaghan(1987,页8 – 9)指出了《奥德赛》中奥德修斯的忍耐力与他利用伪装之间的联系,亦可参见 Pucci(1987,页76 – 79)。

这段预言性的插曲,再次强化了我们早前看到的对于奥德修斯的欺骗的那种隐隐的赞同。在返乡行程结束前,他还要前往另外两个皇室重地——斯克里埃和伊塔卡,并且给这两个地方带来苦难和死亡。两种情况下,诗人都是从正面向我们呈现他的隐姓埋名以及他对人的操纵:他必须竭尽全力活下来。

墨涅拉奥斯继而讲述了自己被困埃及以及在女神帮助下逃脱的经历(4.351-592)。他被神明阻拦而留在岛上,激起了海上神女埃伊多特娅(Eidothea)的怜爱。她对墨涅拉奥斯说,自己的父亲普罗透斯(Proteus)是一个先知,能够告诉他如何安全返乡。墨涅拉奥斯听从了神女的建议,和三个同伴一起,伏击了可以随意变形的普罗透斯,并紧紧地抓住这个老海神,逼他说出他们想知道的事情。普罗透斯这段预言里的很多情景,将再次出现在奥德修斯的征途中:被一位友好的神女相救,必须用诡计和强力制服可怕的"看守",以及英雄将在遥远的未来才迎来死亡。①

史诗引入上述一致性来描绘奥德修斯的形象颇有些意味深长[9]。诗歌又一次以赞同的口气,突出了要运用欺诈和乔装让英雄安全回家。神女埃伊多特娅为其父设计了一个 dolon,即"骗局"(4.437):墨涅拉奥斯和他的随从们躲在海豹皮下,以此接近普罗透斯;伊多特娅还在每个人的鼻孔下抹上神液以遮掩动物皮的恶臭。墨涅拉奥斯命定永远活在极乐世界,在西风之神温柔的吹拂中毫无烦恼地生活,这与奥德修斯的苦境形成强烈对比。② 墨涅拉奥斯因为一位神女而重获自由,奥德修斯却被卡吕普索囚禁;墨涅拉奥斯仅仅因为是宙斯的女婿就能够享受神一般的生活,而奥德修斯纵是人间的高贵者,并受诸神宠爱,却连回个家也要不断奋斗,历尽

---

① 有关墨涅拉奥斯和奥德修斯之间的相似之处,可参见 Anderson(1958)。

② Felson(1997,页99)。

苦难。

最后这组对比是特勒马科斯故事中更为宏大的主题的一部分：当所有希腊同伴相继走向死亡或是步入舒适的战后休整状态时，奥德修斯还在继续奋斗。涅斯托尔、墨涅拉奥斯和海伦所讲述的故事，其效果似乎都是让我们离他们所描述的事件更远，就好比从望远镜的另一端来观看事物一样。对于他们而言，特洛亚战争已彻底结束，时间与空间的距离让他们用一种近乎悠闲的心态去回顾战争。尤为明显的是，墨涅拉奥斯所讲述的海伦和木马计的故事发生了质的变化。作为一位志得意满的国王，他如今津津有味地追述着遭受妻子背叛的陈年旧事（4.274 – 289）。墨涅拉奥斯能做到如此淡然处之，也许可以归因于海伦为了祛除他们的回忆之痛而在酒里下药的事实——毕竟战争过去得还不算遥远。英雄们也需要麻醉剂，这使我们对步入新生活的英雄的评价变得没那么光明了。即使有时间和环境的缓冲，他们也尚未强大到能够直面战争带来的痛苦。相反，奥德修斯却一直在战斗。对他而言，战争仍未结束。①

诗人已经在我们心里牢牢树立了一个观念，即奥德修斯迫切需要返抵故土，如此，涅斯托尔、墨涅拉奥斯和海伦的日子便愈发显得悠闲自得。奥德修斯必须不断前行，必须与世界上一切阻挠他恢复正当地位的力量作斗争。由此看来，神为墨涅拉奥斯所许下的那种美好未来，或许让他显得格外受抬举，但对比奥德修斯来看，这样的未来却多多少少值得怀疑，因为这样的墨涅拉奥斯几乎相当于被遗忘了。这样的感受将在下一卷关于卡吕普索的片断中得到证实和

---

① 我还记得二战过后，当我还是个小孩时，听到过这样的故事：有些日本士兵经过长期的游荡后走出了丛林，却不知道战争已经结束。可以想象，这些士兵对世界的认识与真实的世界出现了脱节，这与奥德修斯的处境十分相似，当他的同伴已经过上另一种生活了，他却仍然在战斗。

强化。

追忆完毕,墨涅拉奥斯热情地邀请特勒马科斯至少再停留十余日。但归心似箭的特勒马科斯礼貌地请求离开。就像很多[10]在特勒马科斯的故事中已经说过和做过的那样,他的言辞既预示了我们随后听到的关于其父的故事,也证明他自己业已开始表现出父亲在他身上的遗传。① 他婉拒了墨涅拉奥斯送来的马,让他自己珍藏。他解释说,斯巴达原野广袤,非常适合策马奔腾,而伊塔卡过于崎岖,并不适合牧马。伊塔卡的土地虽不肥沃,仍是世上最好的地方。这样的回答向墨涅拉奥斯表明,特勒马科斯继承了"优良的血统"(4.594–611)。

奥德修斯与其子一样,会从那些钦佩他的人那里赢得丰厚的礼物,也会为了最后成功返回伊塔卡而将这些礼物搁置一旁。在对很多人而言更富吸引力也更动人的境遇面前,奥德修斯依然选择伊塔卡,这也预示了他在卡吕普索的岛上和斯克里埃岛将会作出的抉择。与此同时,特勒马科斯在斯巴达的举止,也表明他已成长为像他父亲一般的人。在皮洛斯,他立刻报上自己的姓名和打算;而到斯巴达时,他却没有马上泄露自己的名字和来意,直到海伦猜出他是谁。他在墨涅拉奥斯庭院的表现展现了他的能力:掌控局势并在正确的时间谈论正确的事情,以获得他想知道的一切。通过限制他人的认知来操控他人,这正是奥德修斯最厉害的伎俩之一。

随着这几卷中特勒马科斯的长成,另一个在向心式情节视角中至关重要的联系,即荣誉与身份之间的关联,也得到了证实。在荷马史诗中,地位是从外面加给人的,所以,英雄身份的确立在一定程

---

① 特勒马科斯的旅行与奥德修斯的故事在某种意义上重叠是同一模式中的一部分,参见 Fenik(1974,页26以下)。

度上依赖于为他人所称道。奥德修斯有意继续伪装、不为人知,也是他忍耐力的重要组成部分,因为他在隐藏身份的同时也在经历一种湮灭无闻的风险。特勒马科斯一边了解自己父亲的事,一边逐渐为皮洛斯和斯巴达当地的英雄及其家族所认识。正如雅典娜曾经说过他所必须做的那样,特勒马科斯赢得了属于他自己的声名(kleos)。他在做这些事的过程中开始担负起一个男子汉的责任。

特勒马科斯故事的主题拼成了一幅丰富的马赛克画:为了帮助父亲,特勒马科斯必须成为一个男人;为了成为一个男人,他必须了解父亲的事并且得到世界的认可;但是他从他人那里获取的信息,再一次将奥德修斯带到我们的视野中,把他的父亲从第一卷特勒马科斯刚出场时所想象的毁灭和默默死去的境地再次拽回存在。①

史诗前四卷介绍了故事的主要角色和主题,[11]并建立了向心式的视角,我们要从这一视角看待故事的开展。特别是阿伽门农的范型和好客习俗,暗示了我们应如何评价主要人物的行为。除了拉埃尔特斯,奥德修斯家中所有人物都已悉数出场,他们的悲惨状况也戏剧化地呈现在我们面前。至于奥德修斯本人,我们则从爱他且敬畏他的人眼中看到了他。即使是我们从远方眺望到的奥德修斯的形象,也已经足够丰富:聪明、足智多谋、自信、自制、坚韧、饱经磨难、倍受同辈和家人的崇拜和爱戴;他擅长伪装,为了从神明的敌意和命运的无常中存活下来,他宁愿选择隐姓埋名。他也长于用欺骗和操控他人来使自己得益。这些品质如果出现在别人身上可能在道德上显得可疑,比如出现在求婚者身上就是如此,但在任何一位奥德修斯的崇拜者看来,却并无一丝不赞同他的意味。

在第四卷末尾,我们的视角由身处斯巴达的特勒马科斯转回伊

---

① Murnaghan(1987,页160)。

塔卡。这一突如其来的转变令人吃惊(4.620–627)：

> 他们正互相交谈，说着这些话语，
> 客人们纷纷来到神样的国王的宫殿。
> 他们赶来羊，带来能使人壮健的酒酿，
> 头巾美丽的妻子给他们送来面饼，
> 他们就这样在厅堂里忙碌准备酒宴。
> 这时众求婚者在奥德修斯的厅堂前
> 抛掷圆饼，投掷长矛，在一片平坦的
> 场地上娱乐，心地依旧那么傲慢。①

斯巴达人得体的待客之道，与不请自来的求婚者任意挥霍他人财物的行为，形成极为鲜明的对比。诗人继续强化在诗歌一开场对求婚者的负面描绘。我们再次看到佩涅洛佩短暂的出场，她正为杳无踪迹的儿子担忧哭泣。在这一卷史诗末尾，求婚者已经派出一队人马设伏谋杀特勒马科斯。此时，随着奥德修斯本人就快要第一次登场，我们感受到一种强制般的提示：他必须活着回来，惩治种种恶行，恢复伊塔卡的正常秩序。这种凌驾一切之上的律令让我们一边谴责[12]求婚者对特勒马科斯的欺骗，一边又渴望奥德修斯的欺骗获得成功。

再现：卡吕普索

第五卷让我们的视线回到奥林波斯，众神依然在此逍遥快活。雅典娜再次提议释放奥德修斯：做一位国王和慈爱的父亲，使他得了什么好处呢？他被困卡吕普索洞府，忍受着极大痛苦，被强逼留

---

① [译注]《奥德赛》，王焕生译，前揭，页76。

下,无法返回故乡;他没有船只,没有同伴,此刻又有求婚者想谋害他的儿子(5.7-20)。① 宙斯的回答让我们窥探到史诗中诸神的处事方式(5.22-27):

> 我的孩子,从你的齿篱溜出了什么话?
> 难道不是你亲自谋划,巧作安排,
> 要让奥德修斯顺利归返报复那些人?
> 至于特勒马科斯,你可巧妙地伴送他,
> 你能这样做,让他不受伤害地回故乡,
> 让那些求婚人迅速乘船调向往回返。②

即便这首古代诗歌比大多数诗歌都更自觉到诗歌本身的媒介作用,这段话也有点过于直白了。我们似乎可以感受到史诗先前的迫切性有所松弛;毕竟,我们已经知晓,至少奥德修斯和特勒马科斯都将安全返家,并且诗歌也已经进一步暗示奥德修斯会成功地向求婚者复仇。但正如荷马史诗中的所有预言一样,事实上,知道结局只会产生新的问题、新的迫切性:所有情节将会怎样展开?复仇要付出怎样的代价?他会以何种方式复仇?

此处宙斯的满不在意也让我们想起了斯巴达王室的志得意满:这位宇宙之父认为,从长远来看,奥德修斯肯定会安全返乡,正如墨涅拉奥斯享有的命数一样。一方面,这一类比让我们强烈地感受到墨涅拉奥斯是如此幸运:富有、声名显赫、作世上最美的女子的夫婿,甚至死后也得享永恒福祉。他以凡人之躯过着人所能达到的最接近于神的生活。但另一方面,在卡吕普索插曲中,上述说法却令人产生怀疑,因为当奥德修斯被许以同样的未来时,他却拒绝了。

---

① 这一段可参见 Pucci(1987,页20-21)。
② [译注]《奥德赛》,王焕生译,前揭,页86。

此时,我想,我们如果意识到了故事向心力的推动,[13]就不会质疑报复求婚者的必要性。① 在其他或虚构或真实的世界里,有关复仇的道德基础这一困境或许会使我们的观念变得复杂,但在这里并非如此。目前为止,史诗对奥德修斯及其家人和求婚者的形象刻画,似乎都在驱使我们对故事中人物的好坏作出一个泾渭分明的裁断。身具美德的奥德修斯及其家人却遭遇了苦难,求婚者违背为客之道、如寄生虫般贪婪以及龌龊的阴谋伎俩,则使他们活该受到严厉的惩罚。② 诗人随后还会重回这一道德评判领域,但眼下,问题似乎已经解决。

这段奥林波斯诸神的简短插曲,从不同方面阐明了史诗更宏大的结构。史诗把视线从追求者阴谋截杀特勒马科斯的紧张情节中拉回来,改变了叙述节奏,引导我们从更长远的视角观察这一行为。与其他古希腊文学一样,这里与开篇场景的呼应,形成了一个围绕着特勒马科斯的圆环,打断了我们的视线从儿子向父亲、从过去向现在的转换。诸神一成不变、无忧无虑的生活,为奥德修斯与卡吕普索之间生动且略显痛苦的境况提供了一个衬托的背景。把诸神的生活场景作为衬托,这样的方式在《伊利亚特》中十分常见,然而在《奥德赛》中并不常见。在《奥德赛》中,我们最常感受到的是神具体地介入特定场景,并对当下产生影响。此处,诸神那轻松愉快的生活场景,某种意义上使奥德修斯和那位一往情深囚禁他的神女之间的对话增添了复杂的色彩。

为了启动计划,宙斯派赫耳墨斯到卡吕普索那儿,命其释放英雄。这时诗人补充了一些细节:奥德修斯将取道斯克里埃岛,在那

---

① 关于求婚者应受谴责,可参见 Levy(1963);Dimock(1970);Murnaghan(1987,页 77);Pucci(1987,页 68n. 14);Katz(1991,页 172)。

② 尽管求婚者行为鲁莽,但有时也令人同情,参见 Felson(1997,页 109–123)。

儿费埃克斯人会将他奉若神明,并用满载礼物的船只送他回家。奥德修斯将再次看到他的家园和所爱之人(5.29 – 42)。虽然只要符合诗人的目的,神祇能够瞬时各处移动,但这次诗人却用大量细节来描绘赫耳墨斯的这段旅程。赫耳墨斯系上神奇的鞋带,带上可以让人类入梦或醒来的魔杖,如一头插入海里寻找鱼儿的飞鸟那般扑向大海。后来,他甚至还向卡吕普索抱怨他如何长途跋涉才到达这里,这是个绝妙的点睛之笔。荷马史诗中的夸大意味着重要性,而此处我们可以看出,诗人不厌其烦地让我们留意神的这次特别介入。① 史诗接下来对卡吕普索的洞穴的美丽描绘也是出于同样的原因:我们感到那里将有大事发生。

史诗突出从奥林波斯山到卡吕普索岛之间的场景转换,[14]或许会吸引我们去比较这两个由神之旅程所架通的不同世界。如此,我们就能直接感受到关键性的细微差别。赫耳墨斯发现卡吕普索在洞穴中唱歌、纺纱。香柏木被点燃后闪耀着火焰,释放出甜美的芳香。在洞穴之外也有各种丰富多产的木材,包括赤杨、白杨、香柏树。树丛中鸟儿轻轻掠过,草地上长满了堇菜和野芹。洞口有四个泉眼排成一排,空旷的洞穴岩壁上长着一簇簇葡萄藤蔓,上面结满了葡萄(5.59 – 75)。这里物产丰饶,同时一切都服从于一种约束力,这似乎产生于女神和她那充满魔力的歌声。此地有秩序,但它迥异于人类的秩序。② 卡吕普索在歌唱,但我们根本无从知道她唱的是什么类型的歌,是抒情诗,还是故事? 她的歌声迥异于斐弥奥斯那样的吟游诗人们的歌声,后者歌唱的主题通常是 klea andron——"英雄的丰功伟绩"。歌者的技艺总是为人类的记忆服务,他们保存以往的英雄事迹,这些事迹为有死之人提供了用以朝着文

---

① 参见 Edwards(1987,页49)。
② 卡吕普索岛某种程度上是她神性的反映,相关的合理讨论参见 Austin(1975,页149 – 152)。

明化的目标来自我确证(the civilizing self‑assertion)的范型。然而,神女歌声的魔力却表现在对大自然施展超人力的掌控,创造一个令人忘记死亡和当务之急的魅惑之地。①

在史诗的世界中,卡吕普索占据的是一个临界性空间。② 她是神女,却远离奥林波斯山;她生活在自然之中,却未彻底自然化;她是女性,却在各方面都比凡间女子强大。诗人告诉我们,赫耳墨斯为了到达她的岛屿而长途跋涉,一定程度上强调了她既远离人类世界,也与奥林波斯山保持相对独立。赫耳墨斯是神,但当他站在洞穴外时,却仍然惊异于洞穴的布置和周围的环境,对他而言这个地方甚至充满了神秘色彩(uncanny)。尽管诸神之间能够马上认出对方,但卡吕普索几乎就像对待陌生人一样,只是相当客套地问候了他。

这儿的一切都象征着美和极具诱惑的危险,此类危险普遍存在于本诗和早期希腊诗歌中的男性想像中。纺织和歌唱都与这个故事中女性的诡计有关。③ 香柏木的芳香弥漫在洞穴周围,女神坐在金光闪闪的椅子上,为客人奉上神食。在早期希腊诗歌中,芬芳香气、美味珍馐以及闪亮服饰的组合总是和阴谋诡计有关。④ 毫无疑问,正如早期希腊人所知的性属差别那样,这是一个阴性环境:一个封闭、形似胎宫的洞穴,置于一个与自然环境浑然天成的空间内。自然与文明的界限——笼统而言是希腊人对人类经验的描述中一组重要的对立,特殊而言就是性别差异——在此处被[15]模糊了:

---

① 关于《奥德赛》中的歌唱和叙事,可参见 Mackie(1997); Scodel(1998)。

② Austin(1975,页142–143)。

③ 有关纺纱、编织和歌唱,可参见 Petelia(1993); Snyder(1981); Bergren(1983)。

④ 参见 Van Nortwick(1980)。

泉眼全都"排成一排",但有泉水喷涌而出;洞口的葡萄树松动了石头,也遮掩了洞的轮廓;卡吕普索通过感觉、芳香、优美的身体和非叙事体的诱人歌声体现她控制自然的能力,而不是像通常的男性那样,凭靠力量和智慧控制自然。

然而,也许卡吕普索的岛屿最令人沮丧的是,它存在于时间和流变之外,至少对史诗的男主人公来讲如此。① 卡吕普索试图让奥德修斯长生不老,永远享受与她相伴的感官之乐,但他只是悲伤地远眺大海,日复一日。当卡吕普索勉强默许了宙斯释放奥德修斯的命令后,她对奥德修斯直言相告(5.203 – 213):

> 拉埃尔特斯之子,机敏的神裔奥德修斯,
> 你现在希望能立即归返,回到你那
> 可爱的故土家园,我祝愿你顺利。
> 要是你心里终于知道,你在到达
> 故土之前还需要经历多少苦难,
> 那时你或许会希望仍留在我这宅邸,
> 享受长生不死,尽管你渴望见到
> 你的妻子,你一直对她深怀眷恋。
> 我不认为我的容貌、身材比不上
> 你的那位妻子,须知凡间女子
> 怎能与不死的女神比赛外表和容颜。

此处,神女代我们提出了一些明显的问题。为什么奥德修斯渴望见他那容颜渐衰的妻子,却不愿与美丽的神女相伴?为什么神女许给他长生不死、永不衰朽的生活,他却执着于那必死的命运?他本可像神一样,却选择仍作凡人。

---

① Austin(1975,页138 – 139)。

奥德修斯的抉择证实了我们目前为止对他的认识，同时进一步凝练地表达了他所要完成的英雄使命的本质。他的自制力再次彰显：在七年时间里，他抵制住了神女的魅惑。同时，在这种紧张的境况之下，他活下去的决心也呈现出新的含意。这一抉择的义涵不仅在此处鲜明显示出来，也在特勒马科斯故事的背景下显现出来。卡吕普索为英雄提供的生活方式也许会被视作人类生活的极致，即与墨涅拉奥斯的命运一样，以神为偶并远离衰老和死亡。但继伊塔卡、皮洛斯和斯巴达的场景描述之后，卡吕普索的提议现在呈现出危险的色彩：她不仅要阻止奥德修斯重建伊塔卡的秩序，[16] 还要——正如她的名字在希腊语中意为"遮掩、隐藏"一样——抹煞他的显赫声名，他身份的来源。① 与史诗有关复位的向心式叙事的目标一致，奥德修斯的坚韧现在作为一个生存抉择被重新抛出来：放弃永恒愉悦中的湮没无闻，选择只有在有死亡和流变的世界里才能赢得的声名(kleos)。②

这些场景中的每一细节都显得特别重要：赫耳墨斯任务中的神圣动机，对赫耳墨斯旅途和卡吕普索之岛的详尽刻画，还有卡吕普索尖锐的疑问。彻底吸引了我们的注意后，诗人进一步描述和强调了神女姣好的容颜。如果卡吕普索对奥德修斯的掌控中存在着潜在的风险，那么，他做出挑战大海的选择便会简单得多。但从神女与赫耳墨斯和奥德修斯交谈时展现的性格来看，她出乎意料地引人同情心。③ 面对赫耳墨斯及其带来的冷酷命令，她恼怒地做出回应。为何她就必须放弃奥德修斯？每当神女找到凡间挚爱时，众神都会反对并试图拆散他们。他来到她身边时饱经风吹浪打，但"我对他一往情深，照顾他的饮食起居，答应让他长生不死、永不衰朽"

---

① 参见 Peradotto(1990,页 102–103)；Felson(1997,页 44–46)。
② Scully(1987,页 415–416)。
③ 参见 Austin(1975,页 151)。

(5.135-136)。

与荷马史诗中为数不多的神明一样,卡吕普索让我们觉得在情感上容易接近,部分原因是我们看到她在争取无法拥有的东西——换句话说,她在体验受限的凡人生活。但吸引我们注意神女的绝不仅仅是神女欲念的落空,毕竟在荷马史诗中,宙斯也曾否定了其他女神类似的愿望。我们之所以关心卡吕普索,是因为我们感觉到她所渴求的是某种重要且有价值的东西,因此带有真情实感,不像赫拉或者阿芙洛狄忒那样只有任性的要求。

虽然卡吕普索可以轻易地强迫奥德修斯按照她的意愿行事,但她与奥德修斯的对话却显露出敬重和倾慕。在勉强接受宙斯的命令之后,她走向奥德修斯,答应为他提供宽大的筏船和一阵顺风以送他归返。我们从她对赫耳墨斯的质问中可以看出,放弃凡间的爱人让她异常愤怒,正因为如此,她对奥德修斯的温柔就更令人惊讶:"不幸的人啊,不要再这样在这里哭泣,再这样损伤生命,我现在就放你成行。"(5.160-161)

此时,我们终于听见了英雄的声音。他的语气充满愤怒和猜疑,而非爱恋。卡吕普索的到来激怒(bristles)了他。他不信任[17]她,甚至不愿扬帆起航,直至她发誓绝不会阴谋加害自己(5.173-179)。这一回答有很多理由令人惊讶。奥德修斯冒着激怒神女的风险,须知他必须仰仗神女的协助才能返抵乡井。奥德修斯的反驳作为对女神的关切的回应,考虑到他事实上不知道自己的释放已经得到了神的保障,可以看作要么是鲁莽要么是完全绝望的表达。较之目前为止我们听到的关于他的描述,这可不是我们意料中那个圆滑而又诡计多端的人。

面对这样的挑衅,卡吕普索表现出的宽容让我们更加感觉到她对英雄的爱恋之情。她对他微笑,不断地爱抚他,言辞中也充满柔情蜜意,不相信他会做出无赖的(roguish)行为——事实上,这两人的交锋预示奥德修斯与雅典娜在第十三卷中的对话,雅典娜也是最热心护佑奥德修斯的人(13.287-351)。卡吕普索当着众神大方地起誓并宣告对奥德修斯的同情之后,和奥德修斯回到洞穴,她为他摆上人间美味,并让侍从奉上神食、甘露。饭毕,女神开始发问,引出了关于她与佩涅洛佩相比谁更具吸引力的问题。

诗人塑造了一个十分亲切的神女形象。在《奥德赛》所刻画的诱惑奥德修斯、妨碍英雄完成其使命的众多"女性"中,第一出现的就是卡吕普索。[1] 就此而言,她预示了瑙西卡娅、基尔克、海妖塞壬甚至包括佩涅洛佩一众人。但卡吕普索温柔又脆弱,缓和了她给奥德修斯带来的潜在危险。尽管她想得到奥德修斯,并已囚禁了他七年之久,但本卷中他俩的对话表明,这里并非是一个全能的神在操控其下属,而是一个多情的爱人因无法赢得英雄的爱而感到真切的痛苦和困惑。

奥德修斯回答了她提出的问题,这一回答在整个故事中举足轻重。正如我们已经看到的那样,奥德修斯的抉择所包含的存在论意蕴,对人物性格在史诗中的发展无比重要。另一方面,卡吕普索的脆弱则促使奥德修斯小心翼翼地作答。尽管迄今为止卡吕普索都显得格外亲切,但她终究是神,而荷马笔下的诸神常因任性而"臭名昭著"。即使我们认为奥德修斯是安全的,卡吕普索对他的真诚依恋还是会带来另一种压力,即他应当以对得起她的爱恋的方式来作答。如果她看起来只是一位自私的女神,那么,为了离开卡吕普索之岛,他采取任何欺骗都不为过。然而,卡吕普索博得了我们的同情,诗人[18]必须小心谨慎,以防笔下的主人公看起来是个恶棍。通常来说,罗马作者笔下的英雄与其前辈不尽相同,然而,维吉尔在《埃涅阿斯纪》(*Aeneid*)第四卷中描绘的埃涅阿斯与狄多(Dido)的

---

[1] 参见 Austin(1975,页138-139)。

痛苦别离,在很大程度上模仿了这一情景。

奥德修斯的回答简短有力(5.215–224):

> 尊敬的神女,请不要因此对我恼怒。
> 这些我全都清楚,审慎的佩涅洛佩
> 无论是容貌或身材都不能和你相比,
> 因为她是凡人,你却是长生不衰老。
> 不过我仍然每天怀念我的故土,
> 渴望返回家园,见到归返那一天。
> 即使有哪位神明在酒色的海上打击我,
> 我仍会无畏,胸中有一颗坚定的心灵。
> 我忍受过许多风险,经历过许多苦难,
> 在海上或在战场,不妨再加上这一次。

这一段话证明了我们已多次听闻的奥德修斯过人的技巧和机智。他不可能既向女神解释清楚作此选择的原因而又不冒犯她,于是他没有解释其原因。他承认,在她看来他的选择毫无意义,随后他迅速转换到他坚定的意愿,最后壮志昂扬地声明他决心在苦难中生还。若跳出故事框架来看,这一回答包含了我们理解奥德修斯抉择的关键。他必须在凡人中实现他的生命,在这个世界上凭靠自身的行动塑造自己、赢得声名(kleos)。诗人没有让卡吕普索作出回应,这场英雄与神女的对话以他们的就寝和享受鱼水之欢而结束。无论如何,从已有的叙述中,我们看不出两人最后的结合是出于强迫。的确,诗人精心设置的这一场景让我们得出如下结论:与他们共度的所有夜晚相比,这是最为两情相悦也最温柔的一夜。奥德修斯竭力温和地道出他的选择,我们只能从卡吕普索的行为中体会她的感受。

这种和谐的氛围持续至次日清晨,奥德修斯和卡吕普索开始合力打造他归返的船只。她给他砍伐的工具,并告诉他哪里可以砍得大树。他制作了船体和甲板,女神又送来布匹做风帆。一切准备就绪,奥德修斯扬帆起航。诗人在这件事的细节方面颇费笔墨,用了超过三十行的内容描述奥德修斯放墨测量、伐木修平、拼合木料的过程。在荷马史诗中,这样的浓墨重笔并不异常,史诗对[19]日常生活——例如准备餐食、拖船上岸——常常会详加描述,① 可是,在这一特定情境下,描述奥德修斯的造船技艺具有特殊的分量。这里,我们看到的是一种"文明"活动的范型。② 英雄借用自然界的材料打造了一件彻底属人的物件。诗人着力铺陈奥德修斯如何靠双手建造船只,强调他改造树木及植物的形状和结构,做成一件人造的东西,而且这是把人的智慧和秩序加于自然之上的成果。船筏将是奥德修斯返回时间与有朽生命的工具,制作船筏象征着奥德修斯弃绝了卡吕普索的神秘世界,也弃绝了技艺与自然之间那种非人间式的和谐。

　　卡吕普索的故事将奥德修斯直接推到我们面前,让我们对整个前四卷所描述的形象有了更现实化的认识。作为宇宙之父派来的使者,赫耳墨斯打破了女神无时间的(timeless)女性空间,奥德修斯在此停滞了七年之久。诗人细述英雄与神性伴侣的对话,在存在论的意义上确立了奥德修斯的使命与身份之间的决定性关联。奥德修斯选择离开神女的岛屿,也就是选择重新回到有时间和死亡的世界,唯有如此,他才能建立并确认其身份。赫卡墨斯把英雄释放回时间之中后,又从特勒马科斯入手,继续执行他护送奥德修斯返回存在的任务。奥德修斯的声名鲜活地搅动着涅斯托尔、墨涅拉奥斯和海伦的记忆,而声名就是他继续存在的保证。

---

① 参见 Russo(1963),这些段落可以帮助我们理解荷马公式化的文体。
② 关于木工和诗术在印欧传统中的关系,参见 Nagy(1979,页 298 – 300,页 311)。

逃　　遁

奥德修斯结束了囚禁生涯,出现在海面上,这引起了折磨他的主要男性神明波塞冬的注意。波塞冬掀起猛烈的风浪,袭击英雄的船体,将其击成碎片。这里,我们看到了实存系统(existential system)的另一个面相,即秩序与记忆之间的关联,英雄的整个向心式旅程就凭靠这一面相组织起来。[1] 波塞冬击碎船只,挫败了英雄以凡人秩序加诸自然的杰作,重新将奥德修斯抛回无形状的大海。波塞冬用风暴"笼罩"(kalypse)陆地和大海(5.293),再次召出滞留过奥德修斯的神女,用刚刚奋力逃出的湮灭来威胁他。面临着葬身大海、声埋名没的命运,他宁愿自己早已命丧特洛亚,在那儿至少他的伙伴会"传播(他的)英名"(kleos,5.311)。一个巨浪打在桅杆上,奥德修斯一度沉入海底。他[20]奋力泅出水面,但卡吕普索所赠的衣衫的分量拖他下沉。女神那将人诱入无形湮灭的力量徘徊不去,依然在将奥德修斯推向无(nothingness)的深渊。

在这危急时刻,另一位被称为"白色女神"(White Goddess)、又称琉科特埃(Leukothea)的神女介入其中。她怜悯奥德修斯,将自己的面纱给了他,并保证那面纱将载着他游向岸边(5.229-312)。此举意味深长。在荷马史诗中,面纱总是和一个女人的端庄或贞节相关。[2] 对一个女人来说,当众解开面纱很危险,会为自己招来讨厌的求爱,另一方面,这一动作也可以视作对奥德修斯的撩拨。[3] 琉科特埃对这个溺水的凡人来说显得完全没什么可怕的,但在第五

---

[1] 参见 Carson(1990,页42);Austin(1975,页139)。
[2] 参见 Nagler(1974,页64-76)。
[3] 参见 Van Nortwick(1979,页270-271)。

卷的语境中——我们看到,英雄借助一位神女侥幸逃离了险境,显然女神的能力与她赠与的面纱相关——她的慨然相助必然暗含着某种危险。奥德修斯表现出他一贯的谨慎,就像卡吕普索主动提供帮助时他所表现的那样。他留着面纱,打算到船彻底被毁时再使用。波塞冬完成了他的破坏活动,留下奥德修斯紧紧骑在一根木料上,他将卡吕普索所赠的衣衫抛进大海,并将琉科特埃的面纱铺展在胸前。

白色女神兑现其诺言,最终奥德修斯抵达斯克里埃岛海岸。回过头看,我们可以把她的行为看作她自愿臣服于奥德修斯男子气概的表现:琉科特埃放下她的端庄,以此得回了卡吕普索曾经夺走的某种自主权。在这里的上下文中,我们得知琉科特埃曾是一名叫伊诺的人间女孩,这一点意味深长,因为她是协助奥德修斯重返凡间的人。的确,从奥德修斯扬帆起航,到他凭靠女神的面纱浮在水面,奥德修斯与这位神女的交流,可以看作一个在主题上合为一体的插曲的一部分,拓展并丰富了奥德修斯从无有中重新浮出水面的叙事。奥德修斯建造了船只,作为帮助他摆脱在卡吕普索领地上陷入无限湮没状态的工具,而波塞冬却摧毁了他与秩序、记忆以及时间的微弱联系,用强烈的风暴"笼罩"世界,将他丢进无形状的大海。卡吕普索尽管答应给他自由,但当她所赠的衣衫把奥德修斯拖进大海的深渊时,她仍然控制着他。所幸,琉科特埃的礼物化解了卡吕普索带来的阻力。

史诗又四次使用了在第五卷中富有意味的"湮没"(kalyptô)这一动词,着力强调奥德修斯从琉科特埃那儿拿到面纱后为游向岸边所作的努力。[1] 在赠予奥德修斯[21]面纱后,神女沉入大

---

[1] 关于 kalyptô[湮没]和卡吕普索,参见 Peradotto(1990,页 102 - 106)。

海,"黑色浪花把她湮没"(kalypsen,5.353);奥德修斯像章鱼一般依附在斯克里埃岛沿岸的岩石上;一股巨浪将他重又抛回大海,并将他吞没(kalypsen,5.535),最终奥德修斯抵达海岸,在两株橄榄灌木下寻得一个舒适的地方,把自己"埋进"(kalypsen,5.491)残叶中;雅典娜随即将睡意撒向他的双眸,使他眼睑紧闭(amphikalypsas,5.493)。这个动词第一次使用时表示赠予面纱动作的完成:琉科特埃揭开面纱时,她的面容必须由其他东西遮住,而大海弥补了她失去的端庄。当巨大的浪花欲将奥德修斯抛回大海并将他吞没时,"若不是有灰瞳女神雅典娜给他出主意,可怜的奥德修斯就会背离其本来的命运(hyper moron),悲惨地死去"(5.436-437)。湮没再一次临近。

动词 kalyptô[湮没]最后两次运用,是第五卷中突出的重生意象的一部分,这似乎是为了平衡湮没曾带来的危险。在波塞冬摧毁了奥德修斯的船筏,死亡再次隐约临近时,雅典娜平息了浪涛(5.365-387)。奥德修斯望见了不远处的陆地(5.394-398):

> 有如儿子们如愿地看见父亲康复,
> 父亲疾病缠身,忍受剧烈的痛苦,
> 长久难愈,可怕的神灵降临于他,
> 但后来神明赐恩惠,让他摆脱苦难;
> 奥德修斯看见大陆和森林也这样欣喜。

这个比喻产生了一个有意思的双重焦点。奥德修斯看到了陆地,高兴得像得见父亲起死回生的孩子,但奥德修斯本人也是那个正在回生(returning)的人,因此在这个比喻中,他好像在看着自己重生。① 这个时刻让我们想起了——也许是注解了——第一卷(行

---

① 有关这一比喻,参见 Foley(1978)。

216)中特勒马科斯对雅典娜化身而成的门托斯所讲述的悲戚话语:"因为谁也不可能知道他自己的出生。"

奥德修斯抵达海岸,重生的主题继续推进。为登上陆地所做的抗争几乎要了他的命(5.453–460):

> 奥德修斯上岸后低垂无力的双臂,
> 双膝跪地:咸海耗尽了他的气力。
> 他浑身浮肿,口腔和鼻孔不断向外
> 喷吐海水;他气喘吁吁难以言语,
> 只觉一阵昏厥,精疲力竭地倒地。
> 待他感觉苏醒,胸中的精力复苏,
> [22]便取下胸前女神惠赐他的那方面纱。
> 他把面纱扔进与海水相混的河流。

奥德修斯终于逃离了大海的权势,即这段诗歌中给他带来毁灭的力量,也终于能够丢掉保护他的面纱了。现在对他而言,最重要的就是找个暖和的地方落脚过夜。他决定睡在两株橄榄灌木丛下,一株野生,一株由人培植。他的选择从两个方面来说具有重要意义:橄榄对雅典娜而言是神圣之物,此处她对英雄的护佑以一种格外亲密的方式得到了实现;橄榄树一棵野生,一棵人工种植,标志着奥德修斯此时的床乃是自然与文明之间的过渡,同时也成了一个小小的象征,象征着这卷史诗和整部史诗中的一个更为宏大的主题结构。如今英雄能把自己"埋进残叶里"(5.491),意味着他将拥有更大程度的自主权。事实上,这一举动具有预示作用:从现在开始,声埋名没了七年之久的奥德修斯,可以为达到目的而尽可能地选用伪装手段,把自己"埋起来"。接下来诗人用未燃尽的柴薪这一意象来描写熟睡中的奥德修斯,强调了英雄处境的改变。

雅典娜最后合上奥德修斯的眼皮、为他撒上睡意的动作,带有鲜明的母性意味:他像一个新生的婴儿一样被包裹得严严实实,以度长夜。事实上,"紧闭"(amphikalypsas, 5.493)是本卷最后一个词,以这样的动作来结束奥德修斯的逃离旅程,隐约照应着对他而言的潜在的湮灭之源:卡吕普索同样想让这位"奥德修斯"睡觉,毕竟,睡觉与死亡就像一对兄弟。

在奥德修斯与卡吕普索、波塞冬、琉科特埃以及雅典娜的故事中,史诗带我们进入了向心视角下的奥德修斯的存在条件这一问题,即他的身份如何建立并得到保障?首先,他必须被他人所知。一切有损他的声名(kleos)的事情都会威胁他的存在。"声名"通过记忆保存,而记忆存在于时间中,依赖于秩序。人类时间虽然有赖于自然节奏来证明,所丈量的却是凡人那直线延伸、不可逆转的生命进程,在这个意义上,时间仅存在于人类文化的框架之内。诸神的世界和自然的轮回处在人类时间之外,并且先于后者而存在。同时,由于希腊人的典型做法是根据性别来划分人类经验,即男性脱离了自然,而女性则是自然的一部分,或至少徘徊在自然的边缘,因此,我们发现各种类型的女性都能威胁奥德修斯的声名,也就不足为奇。如此,卡吕普索对[23]奥德修斯而言更是具有双倍的危险性,同时也有效地衬托出诗人所描绘的第一幅具有决定性意义的英雄肖像。

结　　语

以上堪称有条有理的陈述,然而事实上,《奥德赛》作为艺术作品的力量,来自故事情节及人物性格与这一套假定之间模糊不清的关系。特勒马科斯的成长之旅与其父注定返回伊塔卡并取得成功之间的内在冲突,隶属于整个情节中一组更大的冲突,也就是线性时间(linear time)与环形时间(circular time)的冲突。推动故事进程向前运动的奥德修斯,其自身内部却又包含了破坏这一运动的根本矛盾,并在他的行为上展现出来。既然奥德修斯必须回到伊塔卡才能恢复他的身份,以上种种含混之处也使我们理解奥德修斯的人物性格变得更为复杂。

2
行动者奥德修斯

[24]诗人完成对奥德修斯的创造之后,又让他回到了具有时间和流变的世界,在这里,"他是谁"将始终在不止一个层面上成为问题。在海上、在波吕斐摩斯的洞穴中以及在那群求婚者之间,奥德修斯多次面临身体死亡的危险。但接下来我们看到的是,他将面临其他类型的生存威胁,即在某种意义上成为无的危险。这种威胁类似于他与卡吕普索在一起时的威胁,这一点尤其值得注意。①

第六卷开始了一系列或长或短的插曲,最后以奥德修斯重返伊塔卡到达高潮。在所有场景中,奥德修斯都以异乡人的身份来到陌生的环境之中。这些场景设定的环境和细节迥异,但背后的动机都一样:奥德修斯必须尽力隐藏真实身份,直至他自愿揭示为止;他要在认知就是力量的世界里蓄势待发。因为彻底恢复成为真正的"奥德修斯"依赖于他的归返,所以,每每遇见威胁其归返的潜在因素,其身份都面临危险。② 在这种意义上,整部史诗就是讲述在任何给定的情景中奥德修斯究竟是谁。他在返乡路上离重拾自己的目标越来越近,但"成为自己"的确切含义却因我们发现的那些情节与

---

① 参见 Austin(1975,页138 – 141)有关湮灭之威胁的充分讨论,尤其当这种湮灭与记忆相关时。

② 关于命名的存在论意涵,可参见 Peradotto(1990,页92 – 170);Austin(1972);Webber(1989,页12 – 13)。亦可参见 Whitman(1958,页300 – 301)有关命名与身份的讨论。

人物性格之间的张力变得复杂化了。在一连串清晰的故事序列中,我们可以看到存在于诗歌情节中线性运动与环形运动之间的另一种张力。奥德修斯每次"归返"都完成了这样一个环:以他的"隐姓埋名"作为开端,最后以其真实身份收场。但从[25]返乡情节这个视角来看,直到完成第二十四卷的最后一次循环,心志坚定的奥德修斯才真正做回了自己。

情节与身份

《奥德赛》中情节安排的另一个方面进一步让我们理解英雄的回归之旅变得复杂化了。从第一卷至第五卷,情节几乎都暂时以线性的方式展开,最终带领奥德修斯脱离了卡吕普索之岛上被遗忘的境况。与此同时,特勒马科斯也从懵懂的青春期迈入成年人的行列。第六卷开篇,奥德修斯爬上斯克里埃岛海岸,踏上返乡的新旅程。如今,他拥有更大的自主权为求自保而故意隐藏真实身份。尽管他一直在经历或曾经遭受过与卡吕普索之岛相类似的多种威胁,但我们再也不会看到他当初被现世遗忘其存在的境况。在雅典娜的佑助下,奥德修斯承受住了全部或几近全部的压力。

第八卷之后,故事不再以线性结构展开。从第九卷到第十二卷,奥德修斯向费埃克斯人透露了自己的身份,并告诉他们自己的冒险经历。这时我们看到了抵达卡吕普索岛之前的那个他——或者他所说的那个曾经的他。人们常说,诗歌的这种闪回手法(flashback)让我们看出奥德修斯在整个旅途中发生了怎样的变化。① 离开库克洛普斯岛时,他的错误估算导致全体船员解开了风皮囊,②

---

① 例如,可参见 Bradley(1976,页 144);Tracy(1990,页 61–62,页 74)。

② [译注]风皮囊,第十卷风神艾奥洛斯赠送给奥德修斯一只皮质口袋,"里面装满各种方向的呼啸狂风"(10.20)。

或许还有他和基尔克之间的情事,都表明他还没有成为无与伦比的战略家,直至在费埃克斯人面前和其后回到伊塔卡,他才完成了彻底的转变。①

从这个方面来看,也许,奥德修斯逐渐演变成一个成就斐然的环境操控者是其自身磨砺使然。然而,此种发展与《伊利亚特》中阿基琉斯身上那种意义深远的人生观的变化不同。《奥德赛》需要的是一个被我们称作"喜剧式"的英雄:他总是与他人隔着,人无法在情感上接近他。第二十四卷中已经没有了早前那种迫使他撒谎的紧急情况,但是,奥德修斯对待拉埃尔特斯的方式似乎只是强调了如下事实:在情感孤立的方面,他没有任何改变。

奥德修斯在第九卷到第十二卷中讲述他的故事,是为了[26]从东道主那里索得回乡的坐骑,问题由此进一步变得复杂起来。② 我们应该相信奥德修斯这位讲述者吗?他讲的真话远不如他在雅典娜、欧迈奥斯和佩涅洛佩面前编造的虚假经历令人印象深刻。但不像在其他地方会提出真实性问题,荷马在这里并没有公开说,奥德修斯在第九卷至第十二卷的自述是虚假的,或是值得怀疑的。尽管我们明白奥德修斯是为了返乡才隐瞒真相,但是在此处,诗人并不关注这样的虚假叙述将会引出的问题。③

因此,第九卷至第十二卷也许暗示英雄的策略性自我控制力有所提升。但人物性格发展完全的奥德修斯重新复活是史诗中心主题的一部分,因此,这些冒险,从严格意义上讲,又让人觉得它们并

---

① 参见 Whitman(1958,页299)。
② 关于第九至十二卷中故事作为操纵别人的手段,参见 Most(1989);Felson(1997,页99-100);Hyde(1998,页68)。
③ 密歇根大学出版社的一位匿名读者提醒我,这位荷马笔下的叙述者证实了故事中的一些细节,例如,1.7-9中"太阳神的牛群"以及8.447-448中基尔克的故事,参见 Most(1989,页19)。

非先于第六卷到第八卷或第十三卷到第二十四卷我们所看到的那些冒险。① 如果我们从外面看他,把他看作一个虚构人物,那么我们面前的奥德修斯的确在诗歌中逐步成长起来,并克服了线形故事中每一场情节给他的存在带来的威胁。一直到奥德修斯和佩涅洛佩同床共枕,并且联合自己的父亲和儿子对抗求婚者时,他才最终完全成为了"奥德修斯"。

费埃克斯人和远方

史诗的剩余篇章都在证明奥德修斯存在的条件(terms)。《奥德赛》的感染力和趣味性,大多来自后面每一章节在重复和多变的基础上对具体场景的丰富且充实的描述,但在英雄遇见费埃克斯人的故事中,我们仍然可以追踪存在条件这条主线。② 奥德修斯在斯克里埃岛从零开始。他在海上已获重生,抵达海岸时他赤身裸体,独自一人。史诗在描写库克洛普斯那子宫形的洞穴时,又一次使用了重生的比喻,那时奥德修斯和他的同伴在让怪兽遭受了 odynesi (9.415)后得以逃离,而 odynesi 的希腊语意为"产痛"。到达伊塔卡时,他也是从"深沉的睡眠……如同死人一般"(13.79–80)中苏醒。③ 当他睡在斯克里埃岛上的灌木丛中时,雅典娜为确保他获得友好接待而奔走,正如她在皮洛斯和斯巴达为特勒马科斯所做的那样;随后,在伊塔卡,她也为奥德修斯做了安排。

---

① Tracy(1990,页57)认为,荷马把奥德修斯归返伊塔卡与旅程中的种种历险并列描绘,让旅程中发生的故事愈发生动起来。Most(1989,页17)认为辩解情节的安排是为了避免第二十三卷中那样的长篇离题。

② 荷马作品中出现的重复乃是有意为之,目的是确立意义,对此最佳的讨论当属 Fenik(1974)。

③ [译注]《奥德赛》13.79–80,王焕生译,前揭,页240。

第六卷开场,荷马介绍了瑙西卡娅,这是他笔下最具魅力的人物之一。① 正如对待卡吕普索和佩涅洛佩那样,诗人[27]同情这位待字闺中的女子,从而使英雄的归乡使命更加复杂。她和父亲阿尔基诺奥斯(Alcinous)的对话,体现了一个处在即将走出青春期的敏感女孩的矛盾心理:一方面对异性感到好奇,一方面渴望成为一个"好女孩"(6.25–70)。她对这位灌木丛中出现的赤身异乡人的态度显得天真、直接又友好,同时也潜藏着威胁,因为她正在考虑婚姻大事。奥德修斯初次遇见瑙西卡娅时,她没有戴面纱,她和年轻女仆们都把面纱取下来做传球游戏,此种暴露行为象征了瑙西卡娅的天真与她日渐苏醒的性意识之间的矛盾。像卡吕普索、基尔克和佩涅洛佩一样,奥德修斯必须谨慎对待她。如果奥德修斯想继续回家的旅程,就必须求助于她,但是太过强烈的方式可能适得其反。就当时情景的需要来看,奥德修斯说话小心谨慎、几近完美,与对卡吕普索的回答一样。他极力奉承她的美丽,把她比作阿尔忒弥斯,而不是公然赞美其性感以防她受惊(6.149–185)。

瑙西卡娅饶有兴致地回应了来客的赞扬,但表现得很拘谨。她主动提出让她的女仆为这个满身海盐的异乡人洗澡,但奥德修斯拒绝了,说让年轻女子看到他裸露的身体不太妥当,他可以自己洗澡(6.186–222)。这是一种适宜而理性的克制,而这一决定同样反映了故事其他层面上的意义:在《奥德赛》中,由女子为男子沐浴会使男子变脆弱。根据希腊人对世上之物的性的区分,水本身是"阴性的",无固定形状,能够消弭男性对事物划定的清晰界限。② 毕竟,奥德修斯刚刚经受海上的严峻考验,海浪粉碎了他精心打造的船只。同时,瑙西卡娅天真地提议为他洗澡、送给他干净的衣服,让我

---

① 有关瑙西卡娅,参见 Austin(1975,页 193–194,页 202–203);Gross(1976);Van Nortwick(1979)。

② 关于女性的流动性和越过边界,参见 Carson(1990)。

们想起在特洛亚时,海伦对"乞丐"奥德修斯的款待让他说出了自己的秘密,这就为他随后在伊塔卡侥幸瞒过欧律克勒亚的情节埋下了伏笔(4.252–256)。

瑙西卡娅并不是唯一对奥德修斯构成威胁的人。① 奥德修斯在海滩上苏醒时,开口就表露出自己的忧虑(6.119–126):

> 天哪,我如今到了什么样人的国土?
> 这里的居民是强横野蛮、不明正义,
> 还是热情好客,心中虔诚敬神明?
> 有少女们的清脆呼声在周围回响,
> [28]她们或许是神女们,居住在山间
> 高峻的峰巅和河水源旁,繁茂的草地,
> 或许是我只身临近讲凡间语言的人们。
> 我还是亲自前去试探,察看清楚。

第五卷已经确立了一点:奥德修斯所自认的他所在的环境至关重要。如同巨怪波吕斐摩斯那井然有序却威胁奥德修斯存在的洞穴一样,卡吕普索有序却异于人类文明的世界也湮灭了他的声名(9.216–233)。② 当英雄在伊塔卡岸边醒来时,这段话的前三行一字不落地再次出现(13.200–202)。在这里,以及在他自己的岛屿上,奥德修斯期望的是他以打造船只所创造出来的那种文明的人类氛围,不管那艘船是多么简易。

紧接着,对"声音"(voice)一词的强调也十分重要,他听到少女或是神女们的呼喊。诗人把少女和神女联系起来,道出了这些迷人的声音的潜在危险,即它们包围(amphêlythe)了奥德修斯。"讲凡

---

① 参见 Felson(1997,页47)。
② 关于波吕斐摩斯生活的井然有序,参见 Austin(1975,页143–144)。

间语言"实际上是希腊语 audêentôn,大意是"用声音表达的"(voiced)。荷马史诗用这类形容词特指与吟游诗人(bardic klea andrôn)不同的女性歌者的魔力,也用在对卡吕普索、伊诺和基尔克的描述中(5.334;10.136;12.449)。① 如我们所见,卡吕普索和基尔克拥有控制自然的玄妙力量,这份力量的来源之一就是她们那充满魔力的歌声。塞壬将这种力量发挥到了极致:奥德修斯和他的同伴刚一听到这些女妖的歌声,气流便停止了运动,海面呈现一片寂静(12.166-200)。②

在进入国王的宫殿前,奥德修斯察看地形,对费埃克斯人的港口和公共集会的场所感到惊异(7.43-45)。在雅典娜假扮成年轻女孩,给了奥德修斯进一步的建议后,他开始打量这座宫殿,并惊奇地发现宫殿由大量黄金和其他艺术品装饰,果园里生长着枝繁叶茂的梨树、石榴树、苹果树和无花果树(7.79-132)。他最初关于当地居民的疑问在此得到了肯定的回答:费埃克斯人看似相当文明,然而场景中的一些细节又让我们暂不能下此定论。③ 这座宏伟建筑让人回忆起墨涅拉奥斯的宫殿(参4.45-46;7.84-85),诗人笔下的这个人自满于既得的财富,其生活表面之下藏着问题。赫菲斯托斯用黄金和白银为阿尔基诺奥斯王浇铸的看门狗"永远不会死亡,也永远不衰朽"(7.94),④又有黄金铸成的幼童紧握着火炬(7.100-102),这些东西混合了自然和人类文明,[29]或是有生命的或是无生命的。这都会使人想起卡吕普索,她富有魔力的声音控制着那个

---

① 关于歌唱的作用,参见 Mackie(1997);Wohl(1993,页 23-34)。关于声音(voice),参见 Negler(1977)。
② 关于塞壬,参见 Pucci(1979);Scodel(1998,页 188-199)。
③ 关于费埃克斯人的威胁,参见 Rose(1969)。
④ [译注]《奥德赛》7.94,王焕生译,前揭,页 119。

狭小的神秘空间。① 同样地，宫殿中枝繁叶茂的果园由两道清泉灌溉，与卡吕普索洞穴旁茂密的树林与叮咚流淌的泉水相对应。

以上所有细节都强化了我们在其他地方获得的信息：费埃克斯过于开化，并非奥德修斯的最佳环境，因为他必须通过反抗敌对力量的行动来定义自己。这里的人民不参与战争，甚至与其他文明之间没有商贸往来，一切自给自足。他们与库克洛普斯刚好相反，那里的人过于野蛮和不开化。处于这两种社会模式中的任何一个，奥德修斯都不可能成为"奥德修斯"。②

当奥德修斯与潜在的毁灭性力量博弈时，我们看见他自己——或作为其保护神的雅典娜——如何利用这些力量，使之有利于自己。当他从泉水中沐浴出来时(6.229-235)：

> 宙斯的女儿雅典娜这时便使他显得
> 更加高大，更加壮健，让浓密的鬈发
> 从他头上披下，如同盛开的水仙。
> 有如一位巧匠给银器镶上黄金，
> 承蒙赫菲斯托斯和帕拉斯·雅典娜亲授
> 各种技艺，做成一件精美的作品，
> 女神也这样把风采撒向他的头和肩。

这是一种为保护奥德修斯而进行的"伪装"。此外还有一种让他变得不起眼的方式——在伊塔卡乔装成乞丐——但目的都一样：让奥德修斯得以自由掌控自己的身份。所以后来当他走进城镇时，雅典娜将其笼罩在一层昏曚里(7.41-42)，这神雾直到他安全进入

---

① 参见 Austin(1975，页 153-162)。
② 关于费埃克斯人在奥德修斯回归自我的旅途中所起的作用，参见 Segal(1962)。

阿尔基诺斯的宫殿后才散去。到了伊塔卡,这种伪装方式以颠倒的顺序再次出现:雅典娜在小岛上撒下浓雾,以便在她对奥德修斯进行伪装之前,奥德修斯不会被别人发现(13.193 – 194)。

奥德修斯也通过自述经历,控制着自己重获身份的进程。在伊塔卡,他所讲的"虚构故事"(false tales)便是一个明显的例子,但第九卷到第十二卷呈现出来的是更为艰难的冒险故事。正如前面所讲,诗人清楚地将后面奥德修斯的自传式叙述看作虚构的故事,但史诗文字未能明确说明奥德修斯口中的从特洛亚到[30]奥古吉埃(Ogygia)的大多数经历究竟是真是假。① 故事内,奥德修斯是唯一的见证者,故事外,荷马是唯一的证人。我们已经看到奥德修斯在很多场合撒谎,但诗歌力图通过各种修辞让我们接受这一事实,即奥德修斯要想存活下来,谎言是必要的。假使他向斯克里埃的主人撒谎还有别的什么目的,我们认为诗人会告诉我们,让这些谎言在叙述中变得公开。

作为异乡人,奥德修斯面临着声名泯没的威胁。没有了声名,他只是一个无名之辈。但是,他也通过自愿变为一个"无名之辈"(nobody),以不同的方式掌控着外人所能接近他的程度。就他摆脱无名的困境而言,他以异乡人身份进入的具体社会也具有类似的两面性。② 友善待客是《奥德赛》中衡量美德的标杆之一。慷慨的主人会给来到他们中间的任何一个人授予社会地位,哪怕对客人知之甚少:此人至少在人类文明中填进了一个角色,他的声名可以在这里获得并得到保护。从某种程度上讲,热情款待异乡人也是对共同体本身的保护。诸神,尤其是宙斯,非常青睐好客者。而且,接纳异乡人也在一定程度上化解了匿名者可能给本邦人的自由带来的潜

---

① Felson(1997,页49)。
② Murnaghan(1987,页77)。

在威胁。希腊文学中充满了这种异乡人的故事,他们来到某些市镇,以某种形式给当地人带来死亡。

故事的轮廓

在这些异乡人中,奥德修斯是第一位,或许也是最杰出的一位。正如很多人指出的那样,他的名字(Odyssey)的意思正是"麻烦",无论在本诗之内还是之外,该名字的词源都是 odynomai,即"憎恨"。这是他那因爱惹麻烦而出名的外祖父给他取的名字(19.406 – 409):①

> 亲爱的女婿和女儿,请遵嘱给儿子取名。
> 因为我前来这片人烟稠密的国土时,
> 曾经对许多男男女女怒不可遏,
> 因此我们就给他取名奥德修斯。

从他人谈及的所有关于奥德修斯的奇事来看,英雄奥德修斯在史诗中显露的本质就蕴含在其名字中。② 无论他走到哪里,都会给他人招致苦难。返乡情节的修辞[31]让我们不得不赞同——至少接受一点:英雄要想回到伊塔卡并获取应得的地位,就必须以苦难作为必要的代价。这位英雄的冒险之旅赌注高昂:没有奥德修斯,伊塔卡将会瓦解,陷入混乱无序、道德沦丧的困境。

这样的故事具有引人入胜的力量。从某种意义上说,《奥德赛》是第一个惊险故事(cliffhanger)。面对各种环境、囚禁他的女人

---

① Austin(1975,页 227)。

② Dimock(1956);亦可参见 Peradotto(1990,页 92 – 170);Austin(1972);Webber(1989,页 12 – 13);Whitman(1958,页 300 – 301)。

和憎恨他的海神,奥德修斯能活下来吗?他的儿子能胜任支援他的任务吗?他能杀死所有求婚者吗?他的妻子呢?在他完成对求婚者的屠杀后,她还会坚持等待他并迎接他吗?伪装、欺骗、对爱人的操纵,如果我们沉溺于故事之中,就不会对这些有任何质疑:求婚者必须死!他那些愚蠢的同伴也活该死去!可怜的费埃克斯人,他们的出发点是好的,但如果不能助奥德修斯返抵乡井,他们便一无是处。这样的故事带来的愉悦之一便是,我们可以允许自己间接活在一个好人与坏人极易辨识的世界。比如《伊利亚特》就不是这样的故事,其叙事目的与《奥德赛》截然不同。作为一个悲剧性的叙事,《伊利亚特》赞成的主导观点便是承认限度,尤其是凡人的局限性。最终,阿基琉斯必须接受的是,在所有凡人都不得不面对的死亡面前,他超越于其他凡人之上的速度、美貌和战斗力都显得微不足道。《伊利亚特》中没有好人和坏人之分,有的只是易犯错误的凡人。①

一些人总觉得《奥德赛》的结尾不尽如人意,注意诗歌的结尾方式,这将把我们带回已追踪过的种种张力中。② 如我们所见,史诗开篇就已经设定了某些必要的情节,伊塔卡男权缺失的空位必须填补,以便国王的家恢复秩序,而这也意味着整个更大的岛上社会恢复秩序。虽然修复秩序的方式可以有很多种,但史诗的主导观念强烈地支持以奥德修斯恢复以前的角色——国王、丈夫、父亲和儿子——作为故事的完美结局。随着奥德修斯奔向那命定的归返,我们也看到他变回了先前的自己,而这只有在他恢复其正当地位时才能完全实现。

在第二十三卷末尾,大部分必然的结局都得到了实现。奥德修斯杀死了求婚者,重新扮演起家中男性权威的角色,填补了权力的

---

① 参见 Van Nortwick(1992,页 79–88)。
② Stanford(1958,2:409–410)总结了注释者们的种种反对意见;关于对《奥德赛》第二十四卷的辩护,参见 Wender(1978)。

空缺。奥德修斯由此恢复了与[32]特勒马科斯的父子关系,并且在射箭比赛中消解了父子之间有关伊塔卡控制权的潜在斗争。最后,当他和佩涅洛佩同床共枕时,他也恢复了作为丈夫的角色。经常有人认为,《奥德赛》应当以国王和王后同床共眠的画面作为结局,在此之后的情节描写很牵强,也许是后人画蛇添足之作,与谱写前二十三卷史诗的并非同一人。① 尽管这种推测可能成立,但鉴于史诗的故事结构和英雄性格在叙事中传递出不少互相冲突的信息,我们也可以将最后一卷的内容理解为冲突的必然结果。

第二十三卷以黎明到来作结。奥德修斯告诉妻子,他将劫夺他人的牧群以充实自己的羊圈,但首先他必须找到自己的父亲。同时,佩涅洛佩应该安静地待在房间里,因为求婚者死亡的消息将迅速传开(23.344 – 372)。奥德修斯告诉佩涅洛佩,自己的旅途尚未结束,除非他完成了哈得斯的忒瑞西阿斯(Tiresias)预言的使命,即为了能安详地死去,他必须远航到一个当地从未有人见过船只的地方,然后向海神波塞冬献祭(11.119 – 137;23.248 – 255)。预言并没有明确指出这段旅途的起始时间,但言外之意,奥德修斯在重建伊塔卡的秩序后还将再次出行。至此,随着求婚者的威胁解除,戏剧性的紧张也逐步缓和。故事若在这里结束,倒会显得反常,因为希腊文学中常见开放式结局,作品往往会刻画一个戏剧性高潮,紧接着就是一些场景继续沿着情节的义涵展开。因此,第二十四卷开头是求婚者被带到阴间,接着阿基琉斯和阿伽门农的幽灵再现,简要重述求婚者的命运(和奥德修斯的荣耀),又一次将奥瑞斯特斯的范型用于奥德修斯家族(24.1 – 204)。经两行诗文的过渡之后,奥德修斯和他的随从来到由落魄的拉埃尔特斯照管的美好田庄。

---

① 参见 Heubeck in Russo, Fernandez – Galiano 和 Heubeck(1992,页 324 – 345)。

接着便是奥德修斯与父亲之间那著名而又令人难解的(其双关语乃有意为之)对话。奥德修斯并没有直接问候他的父亲,而是在自揭身份之前,用另一个虚假的故事继续折磨这位老人,再次将老人推向愁云环绕的境地(24.315-317):

> 他这样说,乌黑的愁云罩住老人,
> 老人用双手捧起一把乌黑的泥土,
> 撒向自己灰白的头顶,大声地叹息。

[33]这一残酷的欺骗令人惊讶,甚至奥德修斯也有同感——此处对于 kalypse 即"罩住"一词的运用意义非凡:奥德修斯几乎要了他父亲的命。① 在异乡人中间,奥德修斯的隐姓埋名是一个重要策略,但此处似乎多此一举。我们可以说他只是过于谨慎——也许老人站在求婚者那一边,但实际上我们和奥德修斯本人都知道这不可能,任何理性的思量都会认定这种折磨完全没必要。事实上,诗人特意让我们倾听奥德修斯的内心斗争(24.235-238):

> 这时他的心里和智慧正这样思虑,
> 是立即上前吻抱父亲,向他细述说,
> 他怎样归来,回到自己的故土家园,
> 还是首先向他询问,作仔细的试探。

当奥德修斯的英雄性格在史诗中得以塑造并发挥作用时,我们开始意识到存在于奥德修斯英雄性格中的问题。从卡吕普索的情节开始,面对潜在的将其声名埋没的力量,奥德修斯处处确证自我——也许是创造自我。这样的描写如此突出,以至于一旦阻力消

---

① 有关奥德修斯的残酷,参见 Page(1955,页111-112);相反观点,参见 J. Finley(1978,页224-233)。

失,这种性格便失去了绝大部分的正当性。对于像我一样听着西部牛仔故事长大的人而言,这种互动毫不陌生:一旦少女被拯救,卑鄙的盗贼被绳之以法,英雄必然会继续前行,骑马消失在夕阳深处。我们无法想象肖恩会接替鲍比的父亲在当地安顿下来,经营牧场。①

然而,奥德修斯不能就这样继续前行。故事的回归情节预设的目标已经实现,即恢复伊塔卡的秩序,并且正如我们看到的贯穿整个故事的说法,此时诗歌的主人公业已完全恢复并确保了他的身份。根据情节设定,他存活下来,并且已然到达其存在的中心,在宫殿中央与妻子相拥而眠,睡在由雅典娜的橄榄树桩做成的床上。事实上,关于奥德修斯与其父拉埃尔特斯团聚的场景,我们可以这样理解:若不考虑这次会面的特殊性,我们至少可以认为,这一父子相见的场景,是史诗为了证明奥德修斯已经重回儿子角色所必需的情节。但是这一身份模式与整部史诗对英雄的塑造相悖,我们难以想象他会安于那种禁锢他的身份。故事的情节需要奥德修斯最终成全在安息中,但另一方面,停滞状态又被界定为威胁他存在的敌人。

换言之,归返情节需要奥德修斯恢复地位,这也就暗含了必须否认时间的流逝。我们知道,[34]奥德修斯、佩涅洛佩和拉埃尔特斯远离秩序井然的伊塔卡已经20年了。特勒马科斯身上尤为具体地体现了这个时间期间,当他正要拉弓引弦时,故事中时间性(time)和无时间性(timelessness)的冲突戏剧化了。佩涅洛佩也以多种方式表现了这种冲突。她织好再拆掉寿衣的行为就是企图让时间停止,这也体现了在奥德修斯乔装成乞丐归来之前在她的另一

---

① Shaeffer(1949)。[译注]肖恩和鲍比是美国西部影片《墓碑镇》(Tombstone)中的人物。

行为层面上反映出来的一种冲动。① 展现在人们面前的她是一个仿佛被冰冻的形象:徒劳悲叹,无所行动。② 而当她从麻痹中走出,重新进入时间时,她的行动不仅给奥德修斯带来了危机,也创造了机遇:她决定超越旧秩序,选择新丈夫。③

当然,在另一个层面上,就像瑙西卡娅一样,佩涅洛佩是雅典娜实现谋划的手段。对雅典娜而言,奥德修斯的成功返乡不容置疑。女神的操纵向我们展示了以凡人的眼光能够看到的另一个世界:那个世界永恒存在并充满魔力,匆匆一瞥有关奥林波斯山神明的种种场景,那里所有的冒险只是游戏,而游戏的结局已经注定。④ 也许我们会认为,返乡情节及其必要性都反映了这个充满魔力的、超自然的世界,然而,属人角色的存在受时间与流变限定,始终是在这样一个圈子中运行:肉体终会衰老和死亡,然后儿子终会替代父亲。所以,当奥德修斯离开卡吕普索、再次进入时间后,他受强制力量所限,而他若想完成使命,就必须废掉这些强制力量。

史诗的最后一幕展示了这些相互矛盾的推动力。奥德修斯及其支持者们,包括特勒马科斯、拉埃尔特斯和由雅典娜伪装的门托尔,开始驱逐求婚者的亲属,这时雅典娜出面平息争斗(24.542 – 548):

> "拉埃尔特斯之子,机敏的神裔奥德修斯,
> 住手吧,让这场战斗的双方不分胜负,
> 免得克罗诺斯之子、鸣雷的宙斯动怒。"
> 雅典娜这样说,奥德修斯听从心欢悦。

---

① 参见 Pantelia(1993,页497);Felson(1997,页19 – 20,页26 – 28)。
② 参见 Amory(1963,页101)。
③ Van Nortwick(1979,页273 – 276)。
④ 参见 Felson(1997,页128)。

> 战斗的双方重又为未来立下了盟誓,
> 提大盾的宙斯的女儿帕拉斯·雅典娜主使,
> 外表和声音完全幻化成门托尔模样。

雅典娜的干预始终符合她在史诗中担任的角色,她是让奥德修斯凯旋的神圣编排者。她的行为得到了[35]宙斯的支持,这让人回想起她恳求宙斯允许奥德修斯逃离奥古吉埃(Ogygia)时,宙斯对她说的话(5.23 – 24 = 24.479 – 480):

> 不是你自己亲自想出了这样的主意,
> 让奥德修斯归来报复那些求婚人?

雅典娜让奥德修斯逃离毁灭,踏上了归返之路,并在此为他消除最后的阻力。这里和第五卷中的描述一样,诗人似乎一直在强调神的介入,好像在质疑行动之人的重要性。同时,这种质疑的口吻与史诗中(包括许多吟游诗人讲述的故事以及奥德修斯自己的叙述中)在很多层面对巧计的强调均相吻合。我们看见,在斯克里亚岛沐浴之后,雅典娜让奥德修斯显得更为高大英俊,并且她自己被诗人比作巧匠(6.229 – 235)。既然巧匠是英雄声名的宣扬者,也是史诗中英雄身份的保障者,那么,从雅典娜对奥德修斯身份的掌控,我们或许可以知道:她不仅是奥德修斯的保护者,更是他的创造者。①

此时我们遇到了一个根本性的问题。雅典娜在宙斯的支持下所创造的奥德修斯,很难与我们熟知的那个存在主义的英雄并立,因此,英雄归返之后的故事就成了问题。如果必须让向心式的奥德

---

① 维吉尔在《埃涅阿斯纪》中讲述了维纳斯如何把其子介绍给狄多,他在此吸收了雅典娜介入奥德修斯的生命这一要素(1.586 – 593)。参见 Van Nortwick(1992,页102)。[译注]狄多,古迦太基女王,维纳斯曾为了保护爱子埃涅阿斯,使狄多中了丘比特的魔法,疯狂地爱上了埃涅阿斯。

修斯占上风,那么故事也许就应该结束于他与妻子同床共枕。我们也许更容易接受让奥德修斯停留在这一情境中,让他保有他性格中的内在冲突。等到他次日清晨起床,故事的主要大事已经归于平静,尽管求婚者的家人们对他仍构成威胁,但他已归家,他的新生活将要开始。也许这就是荷马选择由雅典娜突然结束故事的原因,因为无论在何处结束故事,都会显得武断。

两 种 景 象

默纳汉(Sheila Murnaghan)明确阐述了我们一直在追溯的一系列二分,并且显得卓有成效:

> 《奥德赛》讲述的英雄靠伪装归返的故事,起着一种中介作用,让两种对比鲜明的景象处于悬而未定之中。一是人类生存的困境和受局限的景象,这在奥德修斯伪装时,尤其是他对安菲诺摩斯(Amphinomous)①的警告中得到了充分表达;也在[36]奥德修斯编造的不幸的故事以及欧迈奥斯②的生平中展现出来;佩涅洛佩的绝望神情也道出了这一景象;特勒马科斯的世界也证实了这一景象:这世界属于被看重的但却庸常的社会仪节,在这个世界中,激动人心的事只会在过往故事中找到,传奇英雄们也在这些过往故事中若隐若现。这一景象的严酷性经过庆典活动的调和,其种种艰难困苦得以缓解或控制,缓解人世辛酸靠的是社会团体、世代的延续性、人类心灵的适应性以及歌唱带来的替代性的快乐等。
>
> 另一个景象需要的视角是将所有这些现实看作一种伪装,

---

① [译注]安菲诺摩斯,求婚者之一。
② [译注]欧迈奥斯,奥德修斯的牧猪人。

看作遮盖真实故事的屏障,也就是遮盖英雄奥德修斯光荣归返的故事。第二种景象用想像和意愿的达成来回应第一种景象的现实主义。这两种景象的相互交错,造就了《奥德赛》特有的纹理,使之比《伊利亚特》更具现实性,也更具虚幻性。①

故事情节与奥德修斯人物性格中存在的主要张力,可以按照默纳汉提出的观点去解释。也就是说,特勒马科斯周围环境以及特勒马科斯个性的演变,都与通过行为塑造自己的奥德修斯相一致;另一方面,要求回归、与流变搏斗的喜剧性指令,则与向心式的奥德修斯相符合。他回归到先前的自己,似乎已经摆脱了时间和朽坏带来的毁灭。② 这两种景象也告诉我们,雅典娜与那些期盼奥德修斯回归的人,包括佩涅洛佩、欧迈奥斯、欧律克勒娅(Eurykleia),他们眼中的奥德修斯与我们眼中成功返乡的奥德修斯之间存在差别。前面那些人认为他亲善、忠诚、慷慨、直率(4.689 - 95;5.7 - 12;11.202 - 203;14.61 - 67,138;146 - 147;21.31 - 41),但无论在诗中,还是在奥德修斯的自述中,这些品质都没有得到明确体现。相反,我们很难辨清古代文学中的这位英雄男子的真相,他封闭自己,为了自己的利益而无情地操纵他人。此时,叙事的中心问题再度被提出:谁才是真正的奥德修斯?

我们注意到的这两极也可以从性别角度去理解。根据古希腊惯常的划分方式,回归复位、寻求中心、拒绝流变,这类经验多与诗歌中的女性相联系,而离经叛道、脱离中心、寻求[37]改变往往与男性相关。所以,我们看到卡吕普索、基尔克、瑙西卡娅都阻止奥德修斯完成其归返使命,而特勒马科斯、宙斯、赫耳墨斯以及求婚者们则

---

① Murnaghan(1987,页178)。

② 关于奥德修斯人物塑造的这一方面,参见 Whitman(1958,页285 - 309);Segal(1962);Pucci(1987,页15)。

以各自的方式帮助奥德修斯不断改变。正如我们可能料想到的,雅典娜似乎不那么容易归类。一方面,她是强大的执行者,致力于使奥德修斯从阻止他回归的力量中挣脱出来;另一方面,她的最终目标却是恢复奥德修斯在伊塔卡先前的地位。

整个特洛亚远征也是一个充满男性气概的计划,所有的希腊男人远离生活的"中心",远离亲人与故乡,这似乎进一步证实了上述区分。但另一方面,这场战争背后的动机则是恢复海伦的原有地位。并且,在男性的想象中,女人具有危险性的一个方面是——虽然她们典型的冲动应当是向心式的——女人可能"变坏",可能游移不定,使所有的界限模糊不定。① 在某种程度上,希腊男人把妇女当作财产,妇女依附于由男人保护的家庭,因此她们必须受到控制。正如特洛亚远征,奥德修斯的归返最终既服务于女性的恢复中心的愿望,又服务于奥德修斯控制佩涅洛佩的欲望,后者即将陷入危险的游移不定之中。

带着以上这些区分,我们再看看被许多人视为全诗高潮的情节,即奥德修斯和佩涅洛佩的重逢。诛杀了求婚者的奥德修斯满手鲜血,以胜利者的姿态候在大厅。这时,欧律克勒娅唤醒佩涅洛佩,告诉她奥德修斯终于回来并杀死了求婚者。王后表示怀疑,但仍同意先行沐浴再亲自去看看。奶妈离开后,佩涅洛佩发现自己进退两难:她是应该按兵不动,考察她的丈夫,还是奔向他,紧握其手并亲吻他呢(23.86 – 87)?这也正是奥德修斯后来面对父亲时的心理活动(24.235 – 238),也许在某种程度上暗示了王后去会见这位满手鲜血的异乡人时将会如何权衡。之后,她走下大厅,虽然特勒马科斯在抱怨她,她仍是犹豫不决。② 奥德修斯向儿子保

---

① 参见 Carson(1990)。
② 关于佩涅洛佩的沉默其实是她"愤怒"的证据,参见 Roisman(1987)。

证:尽管他现在已经面目难辨,但他的妻子必会及时来到他身边。随后,他举办了一场虚假的婚礼庆典以平息外界的猜疑,然后退下沐浴。

欧律诺墨为奥德修斯沐浴,她是一位忠实的女仆。正如诗歌为我们讲述的那样,当奥德修斯重新出现时,雅典娜让他变得更高大而[38]英俊,诗人喻之为巧匠给银器镶上黄金。除了其中一行诗之外,这里所描写的奥德修斯,与斯克里亚岛海滩上女神帮助沐浴更衣后的奥德修斯完全一样(6.229 – 235 = 23.156 – 162)。在《奥德赛》中,男人接受沐浴可能招致危险,但是既然求婚者已遭毁灭,显然,这里的相似描述强调了英雄与以往处境的不同——现在他终于回家,沐浴对他来说彻底安全了。

然而,接下来在奥德修斯身上发生了什么呢?他带着荣耀返回大厅,可佩涅洛佩仍犹豫不前。于是他抱怨妻子行为古怪、铁石心肠,他气恼地指责她单独为他铺起一张床:妻子竟然要他独自睡觉。面对抱怨,佩涅洛佩回答说他也很"奇怪",因为他的样貌与二十年前去往特洛亚的奥德修斯相似,然后她给出了那著名的指令——将他们的婚床移到走廊上。此时,这位了不起的谋略家终于失控,与之前以异乡人身份到达各地时不同,这一次他直言相告自己就是奥德修斯的事实。迄今只有一个女人成功地使奥德修斯表明过自己的身份:那就是海伦。海伦与假扮成乞丐的奥德修斯不期而遇,她询问他,但他沉默不言,直到她为他沐浴、给他干净衣服并发誓不向特洛亚人揭露他的身份时,他才开口。他告诉了海伦阿开奥斯人的所有计划(《奥德赛》4.250 – 256)。据此看来,佩涅洛佩之后含蓄地将自己与海伦做比较的场景,便有了别样的深意(23.218 – 224)。①

---

① 佩涅洛佩将自身与海伦比较产生了相当多的争议,例如,参见 Morgan(1991);Frederiksmeyer(1997)。

对比最后夫妻相认的场景与之前类似的章节,我们应对奥德修斯归家的本质有更进一步的思考。正如在面对瑙西卡娅诱惑他做丈夫、阻止他回家时一样,雅典娜再次使奥德修斯的形象变得更高大、更有魅力。沐浴更衣后,奥德修斯难以自控,按照佩涅洛佩的条件亮出他的身份。由于我们已经知道奥德修斯"安全"了,所以,佩涅洛佩与其他众多阻留奥德修斯的女子的诸多相似点,并没有像奥德修斯还在外面漂流时那样让我们强烈地感到揪心。如史诗一贯所为,此处关于归返情节的修辞,迫使我们把"向心"叙事的指令看得高于其他一切力量。不过,尽管奥德修斯回家,重新拥有了以前的爱妻,但有微妙的暗示表明,他进入了与在奥古吉埃岛和斯克里亚岛时相似的困境。

奥德修斯的多重身份

[39]我们回到奥德修斯的身份问题上。两种对立的人类生活景象之间的相互作用,决定了英雄如何呈现于我们面前。关于这两种景象的说明及其意义很复杂,任何想进行界定的人都会发现困难重重。莫纳汉有效的分析将奥德修斯的回归——以及其中隐含的意义,即各种不朽的"真理"都将由其回归得到证实——与神异世界联系起来,这一世界很大程度上由人类无法控制的神力统治。雅典娜的计划——曾在神的聚会上展示给我们——确保了英雄的成功回归,并将这一成功提升至一个重要层面,超越了我们对奥德修斯为达目的将会采用何种方式的疑虑。从这个角度看,"真实的"奥德修斯仅在史诗的第二十二卷,在那血淋淋的成功之后才被揭示出来,并由他作为国王、丈夫、父亲和儿子的身份得以证实。我们之前看到的所有角色,那些随年岁和环境而消逝的角色,仅仅是这个真实之人的伪装。奥德修斯的存在超越了时间的流变,他看起来仅

仅像一个将要前往特洛亚的年轻人（23.174 – 176）；他和蔼、慷慨，值得所有了解他的人为他竭尽忠诚。

在有时间与流变的易逝的世界里，奥德修斯则在我们眼前充分呈现出他的另一面相。在关于卡吕普索的那段叙述中，史诗为我们定义了他的存在，在那里他拒绝进入奇异和无时间的诸神世界，而选择成为一个受制于时间与朽坏的凡人。他明确拒绝不朽，意味着不朽对他而言代表着被遗忘：即使是滞留在卡吕普索那无论再怎么奢靡的世界里，如果不能赢得声名的话，他大概也无异于死去。奥德修斯按照我们可称为存在主义的视角来理解自己，即为了生存，他必须在世上有所作为，以表明自己的身份，他通过这些行动来创造自我。作为动力影响着死亡与重生的循环，连接起奥德修斯从异乡人到著名英雄的整个历程。

这后一个奥德修斯与雅典娜助其返乡的向心式计划不甚相符。比如，他突然进入库克洛普斯的洞穴，他探寻基尔克的真相和倾听塞壬的歌声，这些行为都由认知的渴望驱动，而不是出于归家的迫切要求。反过来说，[40]求知的需要反映了奥德修斯掌控自己命运的欲望：在《奥德赛》中，认知带来力量，力量是给超越人类智识之上的事物强行赋予某种智识结构而带来的结果。所有这后一类动力都可以归入"离心力"的范畴，它将英雄从径直通往伊塔卡的道路上带走，走向英雄能够通过自我确证而利用的——而非神明介入所提供的——知识和力量之源。我们注意到，《伊利亚特》中严格区分了——特别是但绝非仅在阿基琉斯这个角色上——赢得声名与赢得安全和非英雄式的永生，前者需要阿基琉斯留在特洛亚，后者则只要他归家便可实现。或许，《奥德赛》中的奥德修斯和《伊利亚特》中的阿基琉斯归根结底并没有那么不同。

正如我们所见，在第二十三卷和第二十四卷中，两种不同形象的奥德修斯的冲突,造成了故事令人好奇而成问题的结局。奥德修斯知道雅典娜一直在助他一臂之力,但向我们展示出来的这个人,却仿佛他的成功是靠自己穿越险境,并通过欺骗他人、掩饰自我的能力来控制别人而获得的。从始至终,雅典娜都对实施她那势不可挡且无可争议的计划有些犹豫不决。向心式的奥德修斯在他战胜求婚者,赢回佩涅洛佩后,显露出了各种角色中真正的自己。但这个在面对湮没的力量时凭借自我确证创造出来的离心式的奥德修斯,却不可能一成不变,他必须总是更新自我。向心式的奥德修斯只能在面具已摘下的意义上存在,而离心式的奥德修斯却只能觉得,那由雅典娜的橄榄树所制的、固定于房中央的婚床正是女人拘留他的工具;向心式的奥德修斯安息在家中时便得到了成全,离心式的奥德修斯却会一直扮演异乡人的角色。

两种人类生活景象交错的局面并非独见于《奥德赛》。在《伊利亚特》中,阿基琉斯和普里阿摩斯之间最后的几个场景带出一个视角,明显不同于诗歌其他篇章中弥漫的属于勇士伦理的主流景象。勇士社会中有的是价值与价值之间的高低等级和竞争,这些价值在阿基琉斯身上得到了最生动的体现。在这里,人的社会地位取决于他是否最敏捷、最高大、最俊美。与此相反,诗人在最后几个场景中提供了另一种观看人类生活的视角——帕特罗克洛斯早为我们提供过例证——其中,承认别人在一个更大系统中的地位的人才被赋以尊荣。从这个视角来看,谦恭而非自负[41]才是一名成熟男子特有的品质。赫克托尔遗体的赎回就代表着此种生活观暂时占据了支配地位,尽管昙花一现,却是战斗重启前的插曲。

尽管如此,《奥德赛》所展现的两相抵牾的景象还是迥然不同于《伊利亚特》。在史诗末尾,阿基琉斯的变化被描述为他自身内部的一种运动,即他渐渐承认了自己身上被傲慢与自尊所驱走的那些部分:他在休战之后还将继续作战,但如史诗所暗示的那样,过去促使其英勇成名的竞争性价值,已不再为他接受为作战的动力。①在《伊利亚特》中,人类的生死图景集中地通过阿基琉斯得以展现,所以,他身上的转变也成了不同主题互相交织的媒介,这种交织把史诗带向尽管忧伤但也圆满的结局。

《奥德赛》中提供的两种人类生活景象,在史诗的结构下则是以不同的方式发挥作用。正如我们所见,史诗最后恢复的那个向心式的、凭神力精心安排的世界,并非史诗中两个主题清晰交织所依赖的背景。根据我们的认识,在那些求婚人死后,奥德修斯的个性也很难让他适应伊塔卡舒适安定的日子。相反,对于注定会得到的幸福来讲,他本身就代表着一种颠覆。我们可以理解《伊利亚特》所创造的世界中两个版本的阿基琉斯,以及它们所代表的两种不同的人类生活景象,然而,神奇版的奥德修斯却不那么容易与我们所知的、那个在归家途中离心式的且不断演变的英雄奥德修斯轻易共存。这个神奇版的奥德修斯身上不会留下时间和流变的印记,相应地,还有伊塔卡世界,二十年的脱节显得没有对它产生任何影响。而同样,后一面相的奥德修斯所存在其中的充斥着死亡与流变的世界,也难以与这个神奇的王国相协调。

结语:若隐若现的世界

随着奥德修斯战胜求婚者并恢复在伊塔卡的统治权这一目标临近完成,他也逐渐被那些二十年来未曾谋面的人,包括特勒马科斯、欧迈奥斯、阿尔戈斯和欧律克勒娅在内的人辨认出来。接着,在

---

① Van Nortwick(1992,页86-88)。

完成对求婚者的肆意屠杀后,佩涅洛佩和拉埃尔特斯也意识到了奥德修斯的回归,并最终明确了他作为伊塔卡复位国王的身份。就在恢复真正的伊塔卡的同时,真正的奥德修斯的身份也得以揭露。由于我们已经接纳情节的向心式修辞,高潮中的故事情节[42]给予我们一种剧已落幕之感。从这个角度看,我们应感激诗人娴熟地把握住了我们追求圆满结局的欲望,而用佩涅洛佩暂时的踌躇来揶揄我们。

我们希望剧已落幕,因为我们希望事情合理且说得通。对于文学著作的解释者或日常生活的观察者来讲,要想找到其中的意义所在,必须识别经验之流中的种种不同的模式。然而,正如我们所见,《奥德赛》中的很多事并不那么说得通。不论我们多么想要一个更为简明的故事框架,情节中以及奥德修斯多变的人物性格中的冲突在史诗中都一直存在。我们如果打算体验荷马史诗作为艺术著作和人类生活写照的丰富性,就必须同时跟随叙事中那些颠覆性的离题元素的带领。克默德(Frank Kermode)这样评论乔伊斯《尤利西斯》中的人物形象:

> 我们都是追求完成度的人(pleromatists)。我们寻找允许意义停靠的中心——至少对一个解释者而言需要这样的停靠,至少需要这样停靠片刻。如果篇章中有很多细节让我们感到困惑,我们就不禁要问它们是从哪儿冒出来的。回答各种各样:塞拉伯雷(Theoclymenos)或斯坦尼斯洛斯(Stanislaus),达菲(Duffy)先生抑或死亡先生,一个徘徊在坟墓上方的套着的阴茎,一次对偶然事件的模拟——因此它本身并非并不偶然。或者说:一个准备受洗的人;一个情人;一次对现实的模拟;一个签名。我们总在阻止意义的流动,或者说我们试图这样做。有时候,这些努力很伟大。布鲁姆在披着防水布的那人身上付出的努力都失败了。时间太晚了,对他来说太晚了,没法分辨

肉体的和精神的、明显的和潜在的、显露的和隐藏的。他已经度过了艰难而又漫长的一天,最后,完全是肉体性地,他上床睡了。也许他后来又回到了问题上,就像我们也必须回来一样。①

---

① Kermode(1979,页 78 – 79)。

第二部分

奥德修斯的消解

3
颠覆性的匿名

> [45]事实上,我无处可遁;我踟蹰是否要以陌生人的身份游荡四方……我是一个外人,一个过客,这可能是我最终的幸福……
>
> ——默顿(Thomas Merton)

在《奥德赛》中,隐姓埋名具有重要意义。对一个想赢得声名的英雄来说,无名无异于死亡。如果死亡的时刻注定到来,那么,与其被难以捉摸的力量湮没于匿名之中,不如当着他人之面,在离开这个世界的最后时刻赢得名声。至少,他可以永远活在英雄颂歌中。然而,声名不仅能赋予一个人力量,也会在竞争激烈的英雄世界中挑战那一能力,因此,能够控制(掩饰或公开)自己的身份,无疑会让人在进入一个陌生环境时占据优势:在《奥德赛》中,认知带来力量,而作为异乡人出现可以消除名声带来的负担和潜在危险。奥德修斯是隐姓埋名的好手,要领会奥德修斯性格中的离心因素,关键就是理解他这一专长。

在本章及其后面的章节中,我们将或多或少偏离作为主干的回归情节。随着奥德修斯横跨海洋踏上返乡之旅,他既体现了又对抗了种种不同的存在方式,使他偏离了向心式的返乡之路。与传统英雄价值观相比,这些存在方式暗示出一个透视人类[46]经验之本质的更为广阔的视角。如果通过雅典娜的视角来看返乡情节,我们就发现,奥德修斯的这些人生经历极其危险。因为,他如果遵照传统价值观行事,就不可能回到女神的橄榄树下,就不可能按过去的和应有的样子来恢复他的王国,从而也就不可能成为那个必须成为的英雄。史诗的主导修辞迫使我们接受雅典娜的视角,把故事的向心方面、把英雄当作更真实的东西,并认为它们反映了这个世界应当有的秩序。然而,在神话般的返乡情节所暗含的人类生存理解之外,《奥德赛》还有着更丰富的对人类生活本质的领悟。其丰富性在史诗独有的反讽中达到顶点,这种反讽来源于向心视角和离心视角的碰撞。要想理解这些反讽,我们就必须适应这两种不同的景象。我们必须认识到,消解中的奥德修斯(unmaking Odysseus)开启了一条通往更广阔世界的道路。

异乡人的到来

故事始于过往恶行留下的阴影。异乡人来到小镇,死亡也随之而来。① 这样的模式在希腊史诗和戏剧等文学作品中十分常见,《伊利亚特》中也是这样,所有关于俄瑞斯忒斯的戏剧,如《俄狄浦斯王》(*Oedipus Rex*)、《俄狄浦斯在科罗诺斯》(*Oedipus at Colonus*)、《美狄亚》(*Medea*)、《酒神的女祭司》(*The Bacchae*)以及其他很多作品也使用了这种模式。② 这种故事模式的吸引力显而易见。首先,故事中会出现场景置换:主角离开他熟悉的地方,遇到一些崭新的、奇异的人和情景,接着,他以异乡人的身份闯入一个紧密有序的社会,让自己的出现打破他人平静的生活。由于整个事件发生在先前

---

① 关于"异乡人"作为诗中反复出现的主题,最出色的讨论是 Fenik(1974,页 5-60),亦可参见 Murnaghan(1987);Stewart(1976);Pucci(1987,页 83-89)。

② 参见 Beye(1987,页 156)。

秩序被打乱的背景下，而在某种程度上旧有的秩序仍有效力，恐惧和悬而未决的氛围便植入故事中：某些东西偏离了轨道。但诗歌的活力也正源于这一系列的错位情节。而且，由于种种脱轨的情节都会带来死亡，故事让我们不得不面对人类生活中的决定性因素，也就是凡人的必死性。

这些元素不仅出现在古希腊文学中，在古往今来众多文化的艺术形式中也都能发现其踪影。不论是19世纪末20世纪初典型的美国牛仔传说，还是远早于《伊利亚特》的史诗《吉尔迦美什》(*Gilgamesh*)，皆以同样的安排而成形。这一模式特别能吸引古风时期和古代晚期的希腊人，这并不奇怪。古希腊人[47]普遍排斥异乡人(xenophobia)，但对新事物又很好奇，这两方面共同塑造了古希腊人的精神生活，也将他们对异乡人的强烈兴趣与他们重视基于血亲关系的封闭社会这两个矛盾的方面联系起来。尤其是《奥德赛》，诗中似乎反映了公元前9世纪动荡的社会情景，此时，希腊以及地中海沿岸的其他文明都开始经历不同的政治和共同体剧变。① 游荡在外的人们和变迁的家庭是那一时期引人瞩目的主题。

异乡人的身份是情节开展中的一环：他是谁？为何来到此地？认出异乡人身份的场景是故事的中轴，有时将故事推向高潮，有时本身就是高潮所在。读者所了解的总是比故事中的角色多，所以情节中不可避免充满了戏剧性的反讽。关于这种特殊推动力的最佳例子就是索福克勒斯的《俄狄浦斯王》。在该作品中，我们知道的信息与俄狄浦斯所知道的全然相反，这让我们充满恐惧，并让我们准备好迎接其身份的最终揭示和故事情节的高潮。我们惊骇地看着这位国王义无反顾地追问那将导致他走向毁灭的真相。随着俄

---

① 关于史诗以公元前9世纪的社会状况作为背景，参见 M. Finley (1978)。Whitman(1958，页308)认为，史诗的很多方面反映了公元前7世纪的社会状况。该观点还可参见 Van Wees(2002)。

狄浦斯真实的身份及其来历逐渐大白于天下,我们首先切身感受到的是约卡斯塔①的反应,其次才是俄狄浦斯。戏剧的主要吸引力得益于情节的紧密安排:身份的最终识别与灾祸并行;英雄从荣耀的高峰瞬间跌入耻辱的深渊。

《俄狄浦斯王》也例示了一种相当普遍的情节的进一步突转:异乡者并非一个纯然的异乡人,而是与所闯入的社会有密切联系的人。最终,他的到来成为某种"归家"(nostos),即他成了某个人早已认识的异乡人。因为陌生人离开过,所以他的归返带来了变化,这也许反映出他自身的改变,此种改变又将使故事情节产生进一步错位。如我们所见,身份的最终被认出,让熟悉与陌生混合起来。埃斯库罗斯的《奠酒人》(*Libation Bearers*)和索福克勒斯的《埃勒克特拉》(*Electra*)中都描述过俄瑞斯忒斯,②他离家时是个小男孩,回家时已到壮年。欧里庇得斯《酒神的女祭司》中描写了狄奥尼索斯,③这个如今已大有能力的异国神,回到了多年前曾经孕育他的城市。以上两个归来的儿子都心怀怨恨,也都带来了死亡。

带来死亡的奥德修斯

以上这些悲剧中的例子,皆是《奥德赛》中反复出现的情节的缩影。诚如我们所见,奥德修斯每到一个地方,即使是伊塔卡,身份皆是异乡人。他为每个新地方[48]带去的都是不确定性、混乱和痛

---

① [译注]约卡斯塔,国王拉伊奥斯之妻,在双方均不知情的情况下嫁给了自己的儿子俄狄浦斯。

② [译注]俄瑞斯忒斯,阿伽门农与克吕泰涅斯特拉之子,他杀害了自己的母亲和她的情人埃癸斯托斯,为他们谋杀自己父亲报仇。

③ [译注]狄奥尼索斯,希腊神话中的酒、丰产和植物神,以狂欢仪式来信奉,同时他也是狂喜授予者、戏剧之神,有时被认为是酒神巴克斯。

苦。几乎在每一场合,他的到来都会以某种形式造成死亡。我们甚至可以说,奥德修斯是诗中死亡与变化的主要执行者。海伦回忆的奥德修斯对特洛亚的密袭和随后领导的致命的木马计,把同一主题在时间上向回延伸到特洛亚战争的时代。战争任务和奥德修斯随后的返乡之旅在主题上相关联,这表明在某种意义上,奥德修斯的整个归返之路上都在使特洛亚的覆灭重演。他向瞎了的库克洛普斯自称"奥德修斯,城市的掠夺者"(10.530),并非无缘无故。

奥德修斯在斯克里埃的故事像一座桥梁,把完全没有凡间气息的卡吕普索之岛与伊塔卡连接起来。费埃克斯人也是有死之人,但他们的生活却脱离了普通人生存的残酷环境。由于许佩利亚距离位于文明体系中野蛮一端的库克洛普斯族太近,所以瑙西托奥斯(Nausithous)带领他们来到斯克里埃,一座偏远的岛屿,在那里,他们筑起围垣,盖起房屋和庙宇,耕种田地(6.4–10)。他们与其他的世界没有任何贸易往来,他们更喜欢待在岛上,远离战祸,他们舞蹈、歌唱、开展有益的竞技运动,怡然自得。我们也可以认为,费埃克斯人代表了一种中道化的(mediated)的面对人类生活的方式。他们的卓越之处,就在于重新诠释了史诗所描绘的影响凡人生活的主要力量。他们喜欢游戏,这是一些有组织的体验,某种程度上远离了普通的人间交流;他们在体育比赛中而不是在战争中竞争。

大体而言,诗人对这一生存方式的某些方面进行了柔和的也许有点过于女性化的刻画。在古希腊史诗中的英雄看来,这样的生活方式在阴柔的东方人那里才见得到。可以肯定的是,费埃克斯人的世界不像卡吕普索的国度那么明显地女性化。然而,当奥德修斯被强留在奥古吉埃岛之后,他也许就开始担忧自己所处的这个社会,因为他的逃脱全系于两个女人的襄助,首先是瑙西卡娅,然后是阿瑞忒。奥德修斯最终成功赢取了她们的青睐,他对两人的征服预演了他在伊塔卡遇见佩涅洛佩的场景。① 另一方面，在某种程度上，奥德修斯与费埃克斯人之间的整个故事，又重演了赫耳墨斯在奥古吉埃岛完成其使命的情节：一位男子进入到女性环境中，随之而来的就是奥德修斯的被释放。② 在这个意义上，奥德修斯等到自己赢得了费埃克斯人的心，并得到他们帮助自己返乡的承诺后才透露自己的名字，这一情节描绘显得十分重要。在这两个处境中，奥德修斯[49]都摆脱了潜在的声埋名没的状态，重新进入时间。在这两个处境中，他都因为拒绝放弃返乡，拒绝与女人厮守，而给女人带来了痛苦。

奥德修斯也给费埃克斯人带去了死亡。③ 护送他回伊塔卡的水手将会在斯克里埃港与船只一同变成石头，这残酷地展示了波塞冬的威力。我们再次听见了卡吕普索那段往事的回响，那件事以波塞冬摧毁奥德修斯归返的船只告终。显然，在这里，又是他人为奥德修斯的行为付出了代价，这也是诗中常有的情节。阿尔基诺奥斯看到船只毁灭，回忆起父亲的一个预言：波塞冬有一天会惩罚费埃克斯人，因为他们"安全地护送"所有的来访者(13.174)。这里译作"安全"的词是 apêmones，其字面意义是"不受苦难"，表明了护送外来者对于原有运转良好的社会是一种特殊的冒犯，这一社会原有的运行模式本来可以避免遭受战争、种族争斗、频繁的人际交往所带来的副作用。

费埃克斯人得到的第二个惩罚是波塞冬用一座山把他们的港口封锁起来(13.177)，这进一步突出了奥德修斯的到来给斯克里埃造成的影响。从前，拒绝与其他社会交流往来是他们的自由选择，

---

① 关于瑙西卡娅和阿瑞忒作为佩涅洛佩的范型，参见 Van Nortwick (1979)。

② 关于诗中的这一隐喻，参见 Lateiner(1992,页 150)。

③ 参见 Felson(1997,页 173-174 n. 15)。

他们可以凭靠航海来打破这一隔离,现在他们却是不得不隔绝于人世,如果这种威胁确实得以实现的话(诗中并没有交代是否实现),永久性的隔离可能会成为费埃克斯人的最终格局。① 如通常理解的那样,费埃克斯人之地只是英雄的一个驿站,一个中间地带。奥德修斯进到了一个介于卡吕普索的永恒秩序与伊塔卡的普通人世之间的浪漫的中间地带。② 因为奥德修斯的到来,那里的情形也许会有所改变:斯克里埃的生活从此可能成为"现实的",因为那里的居民从此将忍受与外界隔绝而造成的身体后果。极乐的世外桃源也可能变为一座与世隔绝的孤岛。

在冒险旅途中,奥德修斯不断受到各种死亡的威胁,食人族、库克洛普斯、斯库拉、卡律布迪斯(Charybdis)都给他带来了身体毁灭的危险;精神上则面临着被食莲族(Lotus Eaters)、基尔克和塞壬摧毁的危险。的确有很多人丧身途中,但不是奥德修斯。他穿越地中海,留下别人的尸体,努力向家乡进发。他直截了当地从基科涅斯人开始,杀掉那里的男人,征服那里的女人。但随后,他的船员开始暴露出自控力的缺乏,这一特性塑造了他们共有的低下品格。他们拒绝在基科涅斯人的援军到来之前撤离[50]基科涅斯,于是每艘船有六人丧生(9.43–61)。自此,直到他独自踏上卡吕普索的海岸之前,奥德修斯经历了一系列凶险的际遇。奥德修斯对这些死亡应负多大责任,取决于当时的具体情形:在没有站得住脚的理由的情况下,他坚持要考察卡吕普索岛;同样是好奇心的驱使,他去了基尔克那里,使一半的船员陷入险境;他对船员的信任也不够,因此他并未告诉他们为什么不能打开风袋往里看。不论我们怎样描绘奥德修斯的意图及其后果,反正无论他走到哪里,死亡的残酷事实总是随他而至。

---

① 关于惩罚是否得到执行的问题,参见 Peradotto(1990,页77–82)。
② 关于费埃克斯人作为具有临界性的一群人,可参见 Segal(1962)。

所有历险中的每一个较长的故事,如库克洛普斯、基尔克、哈得斯以及——作为简短结尾的——太阳神的牛,都以不同方式反映了匿名与有死性之间复杂的交互作用。在每个场景中,史诗都采用古老神话和民间传说的模式,去探索奥德修斯来到陌生的危险境地时会带来什么影响。进一步考察这些情节会丰富我们对英雄以及英雄的矛盾性格的理解。

波吕斐摩斯

奥德修斯的历险故事中,最著名的情节莫过于他从独眼巨人的洞穴中逃离。诗人在此将一些普通的民间传说元素糅合成复杂的情节,使奥德修斯的个性和核心使命变得戏剧化。[①] 我们首先注意到这一情节所反映的常见神话模式,即英雄征服了混沌的怪物。作为秩序的守护者或恢复者,古代英雄往往会遭遇在某些方面危及事物正当秩序的生灵。为了维持或巩固文明,英雄必须征服怪物,平息混乱。如果我们设法将看似混乱多变的经验之流进行模式化定义,以找到其意义,我们就会发现"文化英雄"的存在。这一模式在地中海传说中由来已久并且普遍存在:吉尔迦美什和雪松林怪(the monster of the Cedar forest),[②] 马杜克(Marduk)和提亚玛特(Tiamat),[③]

[①] 对于传说故事背景的详尽考察,参见 Glenn(1971),亦可参见 Page(1955,页 1–20);Schein(1970);Mondi(1983)。

[②] [译注]故事记载于目前已知世界最古老的英雄史诗《吉尔伽美什》(*The Epic of Gilgamesh*),这部史诗讲述了苏美尔王朝的乌鲁克(Uruk)英雄吉尔伽美什曾经杀死护卫远方雪松林的巨人洪巴巴的故事。

[③] [译注]源自巴比伦人有关创世的神话《埃努玛·埃里什》(*Enuma Elish*),讲述了英勇无比的马杜克神将制造混乱的提亚玛特杀死,并将其庞大的尸体一分为二,一半为天一半为地的故事。

以及阿波罗和巨蟒的传说。① 鉴于奥德修斯的归返和恢复秩序之间具有明显关联,当他制服库克洛普斯时,我们可以把他看作一位文化英雄。

然而,荷马笔下的波吕斐摩斯并不只是一头制造混乱的怪物。他确实以野蛮的方式生活,最强烈的表现是吃人,而且他很难适应岛上的自然[51]特质。岛上到处自然生长着庄稼,他却选择当一个奶农;相邻的岛屿盛产山羊,他却养着绵羊,并且他和其他库克洛普斯族一样,从不航海。库克洛普斯族和费埃克斯人处在文明体系中的两极,但他们都放弃了与其他文明交流的好处。虽然他的生活方式与周围不相协调,但事实上,波吕斐摩斯却将其日常生活维持得井然有序。② 史诗极尽笔墨描述了这个怪物的小天地:绵羊和山羊都十分仔细地分了群,新生的在一个围栏里,足年的在另一个围栏里;干酪储存在架子上,提桶和水桶整齐地排列着。他的日常生活也是如此规律,每天按时将畜群赶进赶出,并挤羊奶。如同卡吕普索一样,库克洛普斯族也管辖着一个有序的世界,但这个世界并不像典型的人类秩序。奥德修斯在某种意义上可能是人类秩序的护卫者,但另一方面,他也给怪物有序的生存世界带来了混乱。

当然,可以肯定的是,库克洛普斯族忽视了协调其生活方式与生活环境的重要性,这不合常理甚至几近反常。诗人描绘的这个怪兽的日常生活,唤起了我们短暂的同情和悲哀。从人类的标准来看,波吕斐摩斯就是一个凶残的蠢蛋,但由于他食肉的习性与周围以谷物培植为主的环境相抵触,再加上他总是为了蓄养羊群而奔忙,都使读者的心向着他,而非鄙弃他。虽然波吕斐摩斯体形巨大

---

① [译注]阿波罗大战巨蟒的故事最早见于荷马的《阿波罗颂歌》(*Hymn of Apollo*),皮托(Πύθων)是希腊神话中居住于德尔斐地方的巨蟒,阿波罗杀死皮托,并在其占据的地方建起了自己的神庙。

② 波吕斐摩斯的秩序,参见 Austin(1975,页 143 – 149)。

且丑陋,但从他做事时全神贯注的样子来看,他也是个渺小的生灵,几近古怪可笑。①

奥德修斯和同伴刺瞎了波吕斐摩斯的眼睛之后,诗人之前种在读者心中的同情的种子开始发芽长大。剩余的船员已经躲在绵羊的肚子下逃了出来,只有奥德修斯还留在洞穴里,紧紧贴着领头公羊的肚皮。当羊群经过时,波吕斐摩斯已经感觉到了这只羊的异常,此时他把手放到这只公羊身上(9.447 – 457):

> 公羊啊,今天你为何最后一个出山洞?
> 往日里你出去从不落在羊群后面,
> 总是远远第一个去吃青草的嫩芽,
> 大步跨跑,第一个奔向泉边饮水,
> 傍晚也总是第一个离开草地回圈,
> 今天你却殿后,或者主人的眼睛
> 令你悲伤,它被一个恶人刺瞎,
> [52]他和同伴们先用酒把我的心灵灌醉,
> 他叫无人,他肯定还未能逃脱死亡。
> 要是你也能思想能说话,你便会告诉我,
> 他现在在哪里躲藏,逃避我的愤怒。

这些话格外令人心酸。波吕斐摩斯如往常一样形单影只,如今又瞎了眼睛,无助的他只能从一个不能答话的畜牲身上寻找慰藉。此时的公羊不像是普通的家畜,更像是一只宠物,它以不同寻常的沉默回应波吕斐摩斯的伤痛,十分耐心地等待它的主人倾诉痛苦。此时,库克洛普斯族的温柔,与其对奥德修斯及其同伴的野蛮构成了鲜明对比,强调了波吕斐摩斯脆弱的状态。

---

① 有关波吕斐摩斯的惹人同情,参见 Newton(1983)。

诗人用受伤的波吕斐摩斯来衬托奥德修斯的成功。奥德修斯已经征服了这只怪物，并为被他吃掉的同伴报了仇。我们也许该庆幸英雄和余剩的同伴成功逃离，回归之路仍将继续。然而，与卡吕普索的那段故事一样，诗人在此处也设计了一个敌人，并且这个敌人也出乎意料地值得同情。毫无疑问，我们不赞同奥德修斯对库克洛普斯族的所作所为，正如我们也不希望卡吕普索囚禁她的凡间俘虏。毕竟，波吕斐摩斯美餐了奥德修斯的船员，但《奥德赛》之所以吸引我们，部分原因就在于诗人刻画了复杂的人物行动和动机。即使是在那不太可能的有关卡吕普索的情节中，诗人也为读者再度思考留下了余地。雅典娜给作为城市掠夺者的奥德修斯带来了欢呼，但至于如何评价他最终胜利的影响，我们也听到另一种声音的回响。

在奥德修斯的大部分历险中，性别都在情节描述里占有一席之地。如前面所提到的，生育的意象弥漫于整个冒险历程：奥德修斯和同伴被困在子宫般的洞穴中，他一直是众所周知的无名之人，直至他把木棍插入怪兽的眼睛，而在希腊文中，表达库克洛普斯痛苦所用的词表示分娩之痛；此后，奥德修斯才再次突破在洞穴中的匿名状态，重申他的英雄身份。[1] 对于波吕斐摩斯象征性的阴性角色的处理，也许与其管理家务相对应。库克洛普斯的故事是首个（根据诗中的时间顺序）也是最明显的奥德修斯渗入阴性环境、实现自身重生的例子。

最后，我们注意到，就像对费埃克斯人所做的那样，奥德修斯永久地[53]改变了库克洛普斯族的生活。虽然波吕斐摩斯之前的生活范围有限，与周遭环境不协调，但在这些希腊人到来之前，他的生活方式足以支撑他凭独目生存。他基本的自足状态完全可以确保

---

[1] 参见 Dimock(1956)。

他不必加入库克洛普斯族的共同体,但这倒无妨,因为这样的共同体显然并不存在。而一旦失明,波吕斐摩斯就需要依靠他的同伴才能活下去,但因为奥德修斯出了名的隐藏姓名的诡计,别的同伴都没能对他的苦痛做出回应。如同费埃克斯人一样,波吕斐摩斯被永远孤立起来。在这样的语境下,如果我们重新看看诗中库克洛普斯和公羊对话的动情场面,就会感到奥德修斯重生的代价之大。怪物前额上鲜血淋漓的伤口,映射出让奥德修斯重见天日的黑魆魆的洞口。

奥德修斯继续前行,向伊塔卡进发。一路上,他留下的都是遭受种种痛苦并被改变了的世界。我曾经说过,我们可以忠于奥德修斯作为带来混乱的异乡人这一角色,将他视为诗中带来必死命运和变化的主要执行者。他对费埃克斯人和波吕斐摩斯的影响反映出他的这一角色。悲剧故事的叙事目标往往是要让人接受人类行为的局限性,并往往以死亡作为人最终的局限。《奥德赛》从整体上讲是喜剧性的叙事,故事情节发展的动力在于恢复原状并与变化作战,但至少在奥德修斯经过的一些地方,他的影响却是施加局限(即凡人的必死性),并让本来只是潜在性的东西变成现实。他必须回到伊塔卡去恢复秩序、阻止变化,然而在归返途中,他却常常行相反之事,制造混乱、造就变化。

基 尔 克

根据故事发生的时间顺序,奥德修斯最先遇见基尔克,但我们不得不通过卡吕普索来认清她的形象。至少从表面上看,这两个角色十分相似:年轻的女神独自生活,通过摄人心魄的歌曲控制周遭的事物,对奥德修斯有毁灭性的威胁。二者的力量都主要通过性来表现,不过在两位女神中,基尔克这一角色明显更富寓意。先遣队伍靠近她的住所时,发现恶狼和雄狮都被神奇的迷药驯服了,向他们表示欢迎。他们听到这位女巫在她的房子里面"用美妙的声音歌唱,在高大而神奇的机杼前忙碌,制作精细,无比美丽、辉煌,只能是女神的手艺"[54](10.221-223)。他们着迷了,因而首领波利特斯让所有人都进去拜访她。她轻灵地走出来,"打开闪光的大门",邀请他们入内。他们落座并饮下掺了迷药的蜜酒,然后被基尔克用法杖变成猪,赶入猪圈(10.230-243)。

将这段描写与赫耳墨斯造访卡吕普索洞穴时的情节相比较,将富有启发性。① 在这两个场景中,女神虽在看不见的地方织着布,但她美妙的歌声飘出宅邸,迷住来访者。同样,在这两个场景中,歌声似乎都拥有控制自然的神奇力量,如卡吕普索那郁郁葱葱的"花园",还有基尔克的动物们。由于我们已经有了卡吕普索的前车之鉴,这样的相似性使我们产生警觉:在基尔克的住所里可能存在某种同样魅惑诱人但暗藏危险的生灵。不过,这两段情节之间的不同更加显著。卡吕普索用自己的力量创造了一个美丽祥和的自然栖居所,这个所居之地井然有序但不按人类文明的方式运行;基尔克则用魔力征服了那两头野兽,荷马史诗经常用野兽来比喻人类勇士原始的雄性力量。赫耳墨斯轻易地走进卡吕普索的洞穴,并在纺车前找到了她,然而,基尔克"打开闪光的大门"则是明显的性邀约。②卡吕普索为赫耳墨斯奉上仙食玉露,然后十分礼貌地询问他的来意,她用标准的礼节欢迎客人:款待在先,询问在后。基尔克也同样如此,她首先请来访者就座,然后献上美酒,但是却在酒中注入她的

---

① 关于基尔克和卡吕普索,参见 Austin(1975,页152-153),他还认为基尔克和波吕斐摩斯之间亦有相似之处。亦可参见 Nagler(1977);Scully(1987,页406-408);Wohl(1993,页23-27)。

② 对照《奥德赛》6.18-19,21.45-46,22.201;《托名荷马之阿芙洛狄忒颂诗》(Homeric Hymn to Aphrodite)60,236。

神力,饮酒者完全忘记了乡愁,抹去了对原本身份的记忆。虽然卡吕普索也囚禁过奥德修斯,阻止他回到故乡,但她没有用魔力使奥德修斯忘记伊塔卡和他的家。我们甚至可以看到,基尔克的故事参考了地中海神话中一个被人广泛相信的说法,即如果一个人同死人一起吃饭,那么他注定永远和死人在一起。当然,船员随后变成猪的情节也明显地讽刺了性会给男人带来什么。

  诗人让奥德修斯委派一支先遣队,从而让奥德修斯(以及我们)预示了基尔克的威胁。这位英雄在出发时显然没有特别的计划,而赫耳墨斯恰在他接近女巫的洞穴时挡住了他的去路(10.274 - 279)。这位报信之神再次干涉了英雄的行为,不过这一次我们不知道他为什么出现在这里,也不知道他是谁派来的——我们只是从奥德修斯的眼中看到整个事件的发生,[55]在这里使用一个无所不知的第三人称叙述者并不恰当。① 神赐予奥德修斯有白花和黑根的魔草,能抵御基尔克迷药的魔力。然而我们应该注意的是,一旦受到魔草的保护,接下来他就必须为制服这位女巫尽自己的一份力(10.293 - 301):

> 当基尔克用她那根长魔杖驱赶你时,
> 你便从你的腿侧抽出锋利的佩剑,
> 向基尔克猛扑过去,好像要把她杀死。
> 她会屈服于你的威力,邀请你同寝,
> 这时你千万不要拒绝这神女的床榻,
> 好让她释放同伴们,把你也招待一番;

---

① 学者们通常假定奥德修斯的此次冒险之旅并未从雅典娜那里获得帮助。Clay(1983)提出,女神并不在场,因为她恼怒于奥德修斯。有时奥德修斯会了解到一些他不应获知的关于神的事,由此可以推断,如果雅典娜像帮他对付卡吕普索一样帮他对付基尔克的话,他一定觉察得到。

> 但你要让她以常乐的神明起大誓,
> 免得她对你再谋划其他什么祸殃,
> 免得她利用你裸身加害,你无法抗拒。

在此出现了另一种神话范型,关乎一个凡人与女神同床共枕带来的危险:死亡或被阉割。① 事实上,整个过程都是在直截了当地描写由性所表现出来的力量。摩吕草(moly)保护了奥德修斯不受基尔克迷药的引诱,但随后他却被女神的性所吸引。她邀请他进屋,请他坐下,并提供美酒。在早先的希腊神话中,接受这两样东西通常意味着接受了提供这些东西的人。② 所以在这里,基尔克试图用魔杖把奥德修斯变成猪,通过迷药来实现她的性优势,而当奥德修斯拔出利剑时,她立马又转变成一个哀求者,猜到他便是赫耳墨斯告诉过她的奥德修斯,并请求同他交欢。奥德修斯原本拒绝了这个请求,直到她发誓后才同意——她以极乐天神的名义发誓,就算在他赤身裸体的时候也不会把他变成"无男子气概"(anenora)的人(10.320–344)。

奥德修斯进入基尔克的世界这一细致周密的故事,再次让我们想起了卡吕普索,但事件发生的顺序不太一样。在奥古吉埃岛上,奥德修斯刚开始很平静,随后才臣服于神女的性的力量,再后来赫耳墨斯释放了他,最后,他确保自己不再受卡吕普索的影响——表现为他挣脱在水下拖拽他的卡吕普索所赠的衣篷。奥德修斯抓住伊诺的面纱(这面纱象征女神放弃了端庄),用另一位女神对他的帮助化解了卡吕普索对他的长期控制力。但在基尔克这里,首先是护身符魔草,然后是带有性吸引力的谈判,使奥德修斯重振拥有了气概,在性交中占据了主导地位。此时,陷于[56]被女性控制并被

---

① 参见如《阿芙洛狄忒颂诗》,行 177–190。
② 关于希腊文学中的"安慰的主题",参见 Negler(1974,页 174–177)。

人遗忘的永恒危险——卡吕普索那一幕已经戏剧化地描述了奥德修斯对待此种命运的态度,这让我们不至于对此处的情节感到意外——已经被男性的攻击抢先消除。他在女神那里逗留了一年,之后必定是使命感再次苏醒了,但这次他的归返没有受到丝毫阻碍。实际上,一旦力量角逐结束,基尔克就变得满心仁慈,她不会拒绝帮助奥德修斯返回伊塔卡。①

整个基尔克故事的动力,不同于奥德修斯与卡吕普索、与费埃克斯人、与波吕斐摩斯的相遇。在早期的这些情节中,奥德修斯进入一个社会,这个社会的生活方式本身对他构成威胁。每一次,他都战胜了这些危险,象征性地重生,身后留下别人的痛苦。他给所到之处带来某些永久性的改变,让隐含的东西变得有形而具体。即使卡吕普索的存在也是这样,因为诗人刻意将卡吕普索对奥德修斯的依恋刻画得真诚、可信,这样,即便她是一位女神,奥德修斯的离开依然给她带去了痛苦。在有关基尔克的故事中,则没有发生这种事情。这是叙事中的一个喜剧性插曲,除了埃尔佩诺尔的意外死亡,女神岛上的居民未遭遇永久性的变化,奥德修斯的同伴们也没有遭受不幸。他们就此离开埃奥里岛去往冥府。人变成猪这一最有神话性冲击力的事件,跟奥德修斯的伪装一样,是可以逆转的。

如果说基尔克的故事较之卡吕普索的故事更明显是寓意性的话,那么,她个性中的吸引力也更少。不同于卡吕普索,基尔克对奥德修斯没有强烈的情感依恋,奥德修斯对她亦然,他只是感激她所提供的帮助。奥德修斯的离去对双方,或者对作为读者的我们的情感而言,都没有造成什么巨大影响。从这一点上来看,基尔克扮演了雅典娜的角色,这位强大的女神尽其所能地帮助奥德修斯,但几乎不求回报。事实上,这一场景为整个向心式归返情节提供了一个

---

① Tracy(1990)把基尔克理解为奥德修斯的一个严重威胁。

缩影：首先，他必须以某种方式使自己的声名得到认可，并且能够大体上控制环境，尤其是控制住女人；然后，他要与给他带来温馨家庭的美丽女性一起安逸地生活。当然，佩涅洛佩也并不是一个没有深度的角色，仅凭简单地挥舞利剑根本不可能赢回她的芳心。我们也知道奥德修斯深深依恋妻子，因为他选择了妻子而非不死的神女。

我们愈知道奥德修斯对佩涅洛佩真切的爱，就愈[57]难理解奥德修斯为什么要在埃奥里岛待上一年，以至于他的同伴不得不去说服他离开基尔克。这一问题无法回避，但诗人没有必要在讲述故事的过程中反复强调奥德修斯逗留某处的决定。我们只能得出结论说，虽然基尔克对奥德修斯拥有吸引力，但另一方面，有关忠于婚姻的双重标准在早期的希腊文学中也十分常见。但是，若从奥德修斯与佩涅洛佩团圆的场景来看，这段插曲集中地表现了我们在史诗情节与奥德修斯人物性格中所遇见的那些张力。

基尔克与佩涅洛佩之间的类比描述看起来十分有趣。两人都是纺织者；都受神的影响而轻松顺从了奥德修斯；一旦对英雄的考验结束，再次证明了他的身份后，两位女子都变得充满爱意，毫无保留地支持奥德修斯，而且，一旦被征服，都不再那么生动有趣。同奥德修斯一样，佩涅洛佩也是在坚持自己并以自己的方式赢得声名时，才最能吸引我们。面对一位匿名的异乡人，基尔克和佩涅洛佩都表现出了勇敢和智慧；而一旦奥德修斯的身份揭露，她们散发出来的吸引力便会锐减。我们永远无法明白，为什么荷马要在诗中强调奥德修斯离开基尔克时那令人困惑的踟蹰。或许，这一情节只是从我们读者的外部视角，回顾性地确证了奥德修斯在卡吕普索岛上所面临的威胁：他在寄居期间懂得了什么才是真正优先的事。无论如何，虽然奥德修斯的耽延与返乡情节的命令格格不入，但这整段插曲却映射出返乡情节，使我们洞察到故事中颠覆返乡情节的那些要素。

冥　　府

与波吕斐摩斯的故事一样,第十一卷奥德修斯下行冥府的故事又成为一个影响深远的神话范型。在所有与英雄之旅有关的古代文学和神话中,下行到冥府(katabasis)是最久远、意义最深远的典型历险。英雄降到这个死亡之地,直接面对人类生存的决定性因素——死亡。英雄下行冥府后又返回人间讲述地府的见闻,就超越了日常经验的界限,并由于知道不为普通人所知的世界而获得了重生。这片黑暗的死亡之地也可以视为隐喻,喻指人灵魂深处那片寻求自我认知的肥沃领域。①

[58] 在悲剧性的叙事诗中,下行(katabasis)尤为常见。其中的主角为了完全了解自己的本性,必须接受凡人必死的事实。吉尔迦美什去往迪尔蒙之旅是我们知道的最早的例子。好友恩启都(Enkidu)的死亡让吉尔迦美什充满了恐惧,他穿越黑水,找到唯一获得永生的凡人乌特纳比西丁(Utnapishtim),询问关于凡人永生的秘密。这位英雄想要逃避死亡,但乌特纳比西丁告诉他,没有人可以做到,因而吉尔迦美什回到了乌鲁克城,成为国王,生活在有限的凡人世界内。这一主题以不同的形式出现在《伊利亚特》中,阿基琉斯到达的地狱其实就是他内心的幽暗之域,故事中对此有不同的表现。到了第二十四卷,阿基琉斯与普里阿摩斯的两次长谈,标志着他对不可避免的死亡的接受。②

《奥德赛》作为喜剧叙事,对故事的戏剧化描述乃是抵制变化,且其中的角色也坚定地拒斥外界的影响,因此我们不能指望奥德修

---

① 参见 Van Nortwick(1992,页 180–181)。
② Van Nortwick(1992,页 27–28,页 86–88)。

斯的冥府之旅成为转变之路。基尔克让奥德修斯去冥府询问忒瑞西阿斯如何才能返抵乡井,但事实上,他从老先知那里得知了一些与旧日预言大为不同的新信息,即他将如何死亡。从这个角度讲,奥德修斯确实遭遇了必死的事实,而且是非常直接地遭遇。忒瑞西阿斯指引他在内陆游历,直到他发现一个不知航海之事的部族,然后,忒瑞西阿斯指引他向波塞冬献祭,最后回到故乡等待"平静的死亡"(gentle death),而死亡会在他晚年之时从海上降临(11.119－137)。其中的细节很是令人着急:奥德修斯必须逃离海洋,逃离那在史诗别处象征着无序与毁灭的大海,然后还要与他的苦主、最想让他在世间消失的海神波塞冬和解。如果他遵照了先知的指示,他最终迎来的死亡将会是"平静的",没有暴力,并且这一切在他垂垂老矣之时才会降临。

然而,如果说海洋是使奥德修斯遭到迫害的外部力量,那么,海洋同样——与英雄自身内部的张力相符——也象征着他寻求声名背后那不竭的动力之源。要想获得安宁,必须同时克服归返途中的内外障碍。我们还记得,第二十三卷,奥德修斯在与佩涅洛佩性爱后的交谈中透露了这个预言。在他终于安息在妻子身边后,他告诉她说,他接下来要说的话不会使他们二人中任何一个喜悦,那就是他将再次漂泊他乡(23.265－284)。奥德修斯的复述是典型的荷马风格,他几乎逐字逐句地重复了这个预言:不久他将再次出发,掠夺牲畜以补偿之前的损失(23.357),并与波塞冬了断恩怨。这位"离心的"奥德修斯在此发言,当着妻子的面[59],就是当着曾在整个"向心式"返乡情节中扮演重要角色的妻子的面,温柔地重申他自己。

除了讲到忒瑞西阿斯是一位盲眼先知,荷马并没有交代有关他的其他信息。史诗叙事也丝毫没有暗示我们在后来的文学作品中会读到的相关内容,这一角色在索福克勒斯有关俄狄浦斯的戏剧中,以及在其他一些有趣的故事中成了唯一的双性人。① 如果我们假定这些故事就是《奥德赛》第十一卷的背景,那么这位老人的性别是模糊的。在《俄狄浦斯王》和《俄狄浦斯在科罗诺斯》中,忒瑞西阿斯烘托出了俄狄浦斯更典型的男性风度:由于双目失明,他不能以男性英雄的方式证明自己的能力,只靠内在的智慧来弥补这个缺陷,他是阿波罗的智慧与力量的被动管道,而不是主动的执行者。② 奥维德的作品首次全面描述了这位跨越两性的先知,也回溯了一个更古老的故事。忒瑞西阿斯行走在丛林里,撞见两只蛇正在交尾,他用木棒敲打它们,随即他变成了一个女人。七年后,她再次穿过这片丛林,看见两只蛇在交尾,敲打它们,她又重新变回了男性。特殊的经历使他最能解决朱诺和朱庇特之间的争端,即关于哪一性别在性爱中更欢愉。他说,女性可以享受到更多快感,朱诺因此刺瞎了他的眼睛;而朱庇特赐予他预言的技艺作为补偿。

我们永远无法不知道是否还有其他关于忒瑞西阿斯的故事。但无论如何,如巴斯(Bassi)新近指出的,《奥德赛》中的死亡之所是一个阴性环境(feminized milieu),如她所说,是一个"女性之地"。③ 奥德修斯在冥府的大部分时间用来观察一系列女性,而他所见到的男性英雄都和别的幽灵一样虚弱无力,只有通过饮血才能被唤醒。奥德修斯与这些已逝英雄交流的核心主题,是他们对于生的渴望,只要能摆脱冥府所感到的无能为力的状态,他们可以接受任何一种生活方式。他们询问自己的父亲和儿子的消息——因父亲和儿子可以使英雄的声名流芳百世——却丝毫不关心自己的母亲或女儿。阿基琉斯所说的话在所有对话中最生动。奥德修斯向阿基琉斯致

---

① 最早提到遭遇蛇的情节见于赫西俄德辑语275,最早的详细记录见于阿波罗多洛斯3.6.7。亦可参见《变形记》(*Metamorphoses*)3.314–336。
② 参见Van Nortwick(1998,页48–50)。
③ Bassi(1999,页420–421)。

敬,因为他如今与在世时统治他人一样掌管着亡灵,阿基琉斯却不以为然:他宁愿在人间做一个穷人的仆从,也不愿在冥间称王。他打听有关儿子和父亲的消息,表达了对于任何生存方式的渴望,他希望自己可以重生来[60]保护自己的父亲,到父宅去报复那些伤害或剥夺父亲尊荣的人(11.488–503)。然而,死去的英雄已无法再靠行动获得任何荣誉。

当然,对奥德修斯而言,冥府同样是他母亲的家,反之,伊塔卡则仍然是他父亲的家。他母亲的名字叫安提克勒娅(Antikleia),意为"反荣誉",这就让她与那些否定奥德修斯存在的人结成了同盟。奥德修斯对母亲的提问,使他暂时与冥府中那些已经死去的英雄相差无几:他的父亲怎么样了,儿子怎么样了,妻子怎么样了?奥德修斯似乎通过与母亲交流,在死亡带来的那种无能为力的被遗忘状态中经历了"反荣誉"的过程。奥德修斯问到为什么母亲会在这里,并得知她是因为过度思念他,渴望再次得到奥德修斯的抚慰,才丧失了美好的生命。在这里,安提克勒娅代替了佩涅洛佩的位置,后者一直等待丈夫归来并且渴望他留在家中,这也是他赢得声名的一大障碍。同时,文中提到埃皮卡斯特——荷马笔下俄狄浦斯母亲的名字——这些女性表明了奥德修斯在冥府中面临的另一种危险,另一种对其英雄声名的威胁。巴斯认为,广义上讲,"幽冥之所"(10.491,512)在希腊史诗中通常是与女性相关的家庭居所。① 阿伽门农和俄狄浦斯的命运,证明回到由女性控制的环境是危险的:父亲的家最后可能变成母亲的家。

奥德修斯的"下行"重现了一种熟悉的模式:男性气质侵入到女性化的环境,导致奥德修斯重生。我们可以这样认为,既然死亡在冥府已不能再给人带来烦恼,奥德修斯就不会像到其他地方一样

---

① Bassi(1999,页419),亦参见 Wohl(1993,页36–37)。

给冥府带来痛苦。然而壕沟中的牲血使鬼魂活跃起来,他们变得容易受到给所过之处带来麻烦的奥德修斯的影响:阿伽门农、阿基琉斯、埃阿斯、安提克勒娅,都在奥德修斯激活他们的灵魂之后表达了自己的痛苦。这一"下行"之旅彰显了英雄卓绝的力量,以及他超越死亡的能力。在这一幕中,奥德修斯赋予亡者活力——抑或把逝者带回到能深切感受痛苦的状态。

虽然奥德修斯影响他人,但是如同在返回伊塔卡途中的其他经历一样,这次重生没有促成他内在的转变。我们肯定以为冥府这趟黑暗之旅会给奥德修斯带来某些改变。他与故人交谈,他们所描述的生存态度和方式对他具有很强的暗示。阿伽门农、阿基琉斯、赫拉克勒斯[61]和埃阿斯各以其独有的方式,从死者的角度把他们的英雄特质反射回他身上。女性亡者的罗列折射出他在途中常常表现出的男性气质造成的女性牺牲者的形象,安提克勒娅则映射出他作为一个男人、儿子和丈夫的核心身份。最终,奥德修斯从忒瑞西阿斯口中知晓了自己的死亡的某种本质,这是一种通常不会给予有死之人的智慧。虽然在与阿伽门农、阿基琉斯和安提克勒娅交流之后,他惩罚求婚者的念头似乎变得更强烈了,但我们没有看到奥德修斯有任何类似于吉尔迦美什或阿基琉斯经历这些事以后的那种转变。

正如我所说,我们并不惊讶于看到英雄排斥转变。但无论如何,他已预先被隔离于各种伤害之外。比如,在基尔克的故事里,他用自己的佩剑保护自己,不让基尔克唤醒其魂魄。我们再一次看到返乡情节隐隐约约地反射出来。奥德修斯抵达冥府不能造成任何永恒的改变,如同在基尔克的岛上一样。在这种意义上,两个地方皆映射出伊塔卡,即奥德修斯必须回去并完成返乡情节的那个地方。在这两个地方,大概还有即将恢复秩序的伊塔卡,都不能造就任何声名,从而也不能造就任何英雄身份。从这个角度来看,三个地方都代表了一种停滞状态,在史诗中,这种停滞常常会被等同于死亡。

太阳神的牛群

初看太阳神的牛群这个故事,似乎与本章持续推进的主题不太相符。这里没有需要奥德修斯去对付的社会,没有羁绊他的女性。他两次得到警告,一定不要登上特里那基亚岛,他也尝试去听从这个建议。跟风神艾奥洛斯的情节一样,奥德修斯的同伴再次没有听从他的警告,这也是他们普遍缺乏自我控制力的写照,最终导致他们付出了生命的代价:当奥德修斯登上卡吕普索岛时,他已是孤身一人。但由于这段插曲已经处在奥德修斯历险的尾声,所以其中某些要素富含意蕴。

我们也许不会感到诧异,太阳神的牛群守护者是女性,即神女法埃图萨(Phaëthousa)和兰佩提亚(Lampetiê)。文中对牛群的指称,kalai boes[美丽宽额的](12.262),在古希腊语中也是阴性形容词,表明牛群是母牛而非公牛。换句话说,这是一个阴性的环境。鉴于我们一直在描绘的其他插曲中的[62]性别本质,这就相当撩人兴趣。虽然把这里的牛群看作动物版的基尔克某种程度上是引申,但是情节中的性别描写,以及诗人将畜群与时序现象联系起来,的确让此处的故事安排与之前的故事情节显得同属一脉。

我们得知,这里有三百五十头牛,三百五十只羊,而且这一数量不因畜群的出生或死亡而有所变更。早至亚里士多德这样的思想家们,就把这些牲畜的数量看作一年的天数。从这些动物均属于太阳神来看,这一结论有其合理性。奥斯丁认为,杀死牛群就是在攻击时间本身,当然属于严重的冒犯。① 但考虑到奥德修斯的冒险历程包含了一系列插曲,并且都展示了"向心力"与"离心力"的冲突、

---

① Austin(1975,页137)。

声名与返乡之间的冲突,畜群的静态存在就更抓住了我们的注意力。

　　这些希腊人被告知不要杀害任何牲畜,换一种说法,就是不要将死亡带入特里那基亚岛这个完美、永恒的世界。这样做会使返乡之路陷入危险。就在奥德修斯很快要回到伊塔卡,叙事的张力将要达到顶峰之时,诗人在此处讲述了这样一个故事,用象征手法展示了那些张力:要恢复世界应有的面貌,奥德修斯必须返乡,逆转时间给伊塔卡造成的变化,太阳神的牛群正蕴含了这一必然的命令。想要约束同伴的奥德修斯完全是"向心的",而不是波吕斐摩斯以及基尔克故事中的那个好奇的探险者。在向求婚者们发起复仇之前,奥德修斯在此处的行为或许最好地证明了这一观点:他已经从自己的错误中汲取了教训,意识到想要自我确证的危险性。但这样的认识究竟意味着视角上的重大转变,还是已有技巧的完善,则是另一个问题。

结语:并非异乡人的异乡人

　　在第九卷到第十二卷更为漫长的故事中,奥德修斯用各种方式展示着异乡人到来这一主题的丰富意蕴。他总是带来混乱与痛苦,有时造成重大变故,而他自己却从未改变。当他有了名字时,他便成了"并非异乡人的异乡人",从匿名到有名的转变,使我们进一步窥察到作为诗歌核心意蕴的身份问题。想要更全面地探究这一问题,我们的视角必须超越《奥德赛》的形式上的立场,即声埋名没是死亡的一种形式,为了存在起来,英雄必须为人所知。

　　[63]我们发现,当奥德修斯在返乡途中到达一个新的地方时,他作为一个异乡人的登场常常被描述为某种重生,此后他渐渐完全掌权,这种完全的掌权通过他得到正名而获得证实。我们已多次提

及,从某种意义上来讲,整个第五卷到第十二卷的情节,都是对奥德修斯在第二十三卷中完全实现自我复位的预演。我们也看到,以安息于伊塔卡为目标的返乡情节,与推动奥德修斯追求声名的那种不息的自我确证之间,一直存在着某种张力。我们得知,只有在他再次承担起该有的角色——国王、丈夫、父亲和儿子之时,他才能做回完全的自己;但另一方面,冥府与伊塔卡、佩涅洛佩与其他"滞留他的女性"之间暗藏的相似性,则意味着在某种程度上,待在伊塔卡而不再远行的奥德修斯和死去的奥德修斯将没有差别。

奥德修斯在有名与匿名两极之间的交替,阐明了奥德修斯贯穿整部史诗的进步。有名与无名之间的对立,返乡与声名之间的对立,这二者间的关系进一步为叙事增添了复杂性。雅典娜致力于协助奥德修斯恢复他在伊塔卡的全部权力。对她来讲,同时也是对奋争的奥德修斯而言,无名的状态终将得以避免。然而,正是通过灵活控制自己的身份,奥德修斯在进入新社会的时候获得了一些优势:只有做一个无名之辈才能获得这样的优势。最显著的例子就是有关库克洛普斯的故事,灵活掌握无名的技巧成为这一故事的中心主题。正因为奥德修斯不为人知,他才在对付库克洛普斯的过程中获得了优势。如果宣称自己是奥德修斯,库克洛普斯就会有所防备,奥德修斯的计谋就会破产。或许,同样的情况也出现在有关基尔克的插曲中,奥德修斯的匿名给了基尔克一个出其不意。

返乡情节再次让我们可以作出一系列特别的假定:对奥德修斯来说,没有任何事情比返乡和击败求婚者更重要;要实现这一目标,他需要卓越的力量;由于在《奥德赛》中认识带来力量,因而,控制他人对自己的认知总是使奥德修斯得益。但这种推演是受一系列狭隘定义的目标驱使,排除了那些与目标不符的经验生活的模式。如果我们从这些律令中抽身而出,一幅不同的画面便呈现出来。譬如说,匿名可以让人更轻松地进入一个新的地方并在其中活动。一个人的身份可以为他打开一扇门,也可以为他关上一扇门。就这一点而言,《伊利亚特》第二十四卷阿基琉斯的转变颇有教育意义。他对[64]普里阿摩斯说的话,促使这位老人接受了赫克托尔必死的命令,这是最重要的一点,将人之为人与神对立起来。整个人类生活都可以看作神所赐的一系列礼物,有的有益,有的有害,我们除了接受别无选择(《伊利亚特》24.518 – 551)。阿基琉斯让这位老人认识到,所有凡人都无法超出以上规约,从这一高度而言,只要是凡人,都说不上谁比谁更优越,他们都处在同样的局限之中。说出这样的话完全背离了英雄的身份,因为阿基琉斯原本一直习惯于对照所有凡人来衡量自己:他是否最高大、最敏捷、最强壮?如何得到证明?当然,声名可以证明。声名使英雄隔绝于凡人,匿名则可以使英雄与凡人联合。

如前所述,异乡人可以很快地融入一个共同体,因为共同体十分渴望接纳异乡人并授予他身份,以实现对他的控制:许多招待过奥德修斯的主人都发现,不为人知者会招致混乱与改变,因此他可能是个危险人物。相反,稳定的身份则可以确定人物的地位,划定角色的界限:一个英俊的异乡人可以娶瑙西卡娅,在一个绝美之地飞黄腾达,但奥德修斯不能这么做。秩序是记忆保存下去的先决条件,保存记忆又是获得声名的先决条件,获得声名的先决条件又是固定的身份;若要雅典娜的计划实现,这身份必须恒久保持。所有这一切都让我们重新回到开放与封闭世界之间的张力上。雅典娜不想让我们发现的秘密是,匿名及随之而来的失序也具有创造性,可以开创新的世界。当已知之物的边界被打破,意外事物突入进来,改变的机会可能就到来了。让我们再次回到科摩德(Kermode)的观点:

> 一个更大胆的观点:一个理想的文本应拥有完美的意外,其中的断裂之处才是真正引人入胜的地方。为追求连贯性,我

们把文本简化成了某种文化或制度独断地灌输进我们脑海的一些代码,并因此在不知不觉中成为意识形态压制的牺牲品。自由,创造意义的自由,倚赖于意外,即解除加在意义之上的种种约束。

随着奥德修斯即将获得暴力性的胜利,为他的返乡历程盖上封印,他也在无名的经历中变得更具创造性——虽然看似矛盾。

4
编造的生平

何为"身份"？不外乎是我们拥有控制他人如何定义我们的能力。

——奥兹（Joyce Carol Oates）

[65]第十三卷标志着奥德修斯回到伊塔卡，雅典娜也回到故事中来。随着雅典娜的形象愈加清晰，返乡情节成为首要议题。自此，我们会常常想起那些穷凶极恶的求婚者贪婪地耗尽奥德修斯的财产，想起佩涅洛佩尽力与他们周旋的情节。在第十三卷中以及之后的第十六卷，奥德修斯先后与他的守护神以及他的儿子配合，伴随着复仇情节展开，我们经历了所有旁观者的愉悦体验：为英雄欢呼，看着那些愚昧的敌人浑然不知地走向末日。只要坚信主人公复位的必要性，我们就乐于接受主人公保密、伪装、说谎以及控制无辜者和邪恶者的行为。我们都迫不及待地等着这些情节发生，因此，之前有关欧迈奥斯的插曲显得冗长难耐。①

但在第十三卷到第十六卷中，我们也可以得到其他一些愉悦。我们也可以从另外的角度来理解，当奥德修斯最终返乡时，哪些事情变得至关重要。转变视角的关键在于诗中我们听到的那些或真或假的经历或自传。我们看到了雅典娜与奥德修斯、欧迈奥斯[66]

---

① 参见 Kirk（1962，页358）。

与那位年老的来访者、特勒马科斯与特奥克吕墨诺斯以及特勒马科斯与奥德修斯之间关系的发展。几乎每一个出现在这部分诗歌中的人,对于他刚开始时遇见的其他人而言都是异乡人,但经其自叙经历后,对他们和我们来说又开始生成。鉴于奥德修斯的返乡情节有赖于某种固定不变的自我之模式,我们在乡间遇到的这些角色在整个叙述中都以相互关联的方式被塑造。在这一背景下,我们可以很清楚地发现,史诗展现了人类生活的另一面相,即不确定性、艰难、受时间所限、偶然以及我们每个人通常都有弱点。我们在这里所见到的人——与由神庇护的那些不可战胜的英雄相反——需要相互扶持才能够生存。奥德修斯走向不断自我定义的驱动力,也属于这个世界的一部分,并且,随着愈加接近成功地确立自己在伊塔卡不变的地位,奥德修斯重塑自己的渴望也变得更加坚决(仿佛是作为一种回应)。[1]

重返伊塔卡

费埃克斯人把奥德修斯放在伊塔卡的岸边,我们随着英雄回到了熟悉的土地。奥德修斯象征性地再次重生了:在费埃克斯人的船上,他沉沉睡去,"如同死亡一样"(13.80)。他在这个看似陌生的世界醒来,对居住在此的人们感到恐惧:

> 不幸啊,我又来到什么部族的国土?
> 他们是凶暴、野蛮、不明法理之徒,
> 还是些尊重来客、敬畏神明的人们?

这几行诗一字不差地重复了奥德修斯在斯克里埃醒来时所说

---

[1] 参见 Murnaghan(1997,页97)。

的话,瑙西卡娅和她朋友的呼唤声还萦绕耳畔(13.200 – 202,6.119 – 121)。他以为自己又在一个陌生之地成了异乡人。他遇见一个看起来十分高贵的年轻男子,就像他在斯克里埃岸边遇见的优雅的年轻女子一样。然而,这位年轻男人是雅典娜假扮的。对他之前的问题,雅典娜回答道:如果你没有听过伊塔卡,那么你就太愚蠢了(13.237 – 249)。"是的,"奥德修斯回答,"我曾听说过伊塔卡,当我在辽阔的克里特时……。"①

于是,奥德修斯开始编造第一个故事:他来自克里特(在古代是著名的伪装者来源地),②正在逃亡途中,因为他不想在同乡的父亲手下干为特洛亚服务的差事,所以将同乡[67]杀死;他只愿意率领自己的军队,而他来到伊塔卡纯属意外,他本来是腓尼基人开往皮勒斯或埃利斯的船上的乘客,风暴打乱了他们的行程,飘到了伊塔卡岛(13.256 – 286)。这个故事中的很多特征都将在后面几卷中为我们所熟悉:一个来自克里特的旅行者;由腓尼基人护送;在逃的谋杀者。实际上,某些经历还让我们回想起《伊利亚特》中有关帕特罗克洛斯和菲尼克斯的情节(《伊利亚特》9.444 – 479;23.83 – 92)。不出所料,奥德修斯与这个陌生人谨慎相处,在他对这位少年有进一步了解之前,他隐瞒了自己的真实身份。他选择这样说谎是有理由的:克里特岛十分遥远,任何一个本地人都对其知之甚少,因此不可能拆穿他的谎言,并且腓尼基人在古代便是航海者的先驱。但他为何声称自己是一位谋杀者,甚至还描述了他暗中伏击别人的细节呢?

---

① 关于雅典娜和奥德修斯之间的交谈,参见 Stanford(1963,页30 – 36);Clay(1983,页186 – 212);Pucci(1987,页83 – 89)。

② Reece(1993)证明这是奥德修斯返乡故事的另一版本,这个版本和返乡故事说到奥德修斯是在克里特上岸的。我猜这样的解释十分吸引人并且完全有可能,但是,考虑到撒谎是诗歌的一个中心要素,对此处提及克里特并无解释的必要。

首先,奥德修斯把自己塑造成一个非常具有吸引力的奔放的人物——如果他的样子只是一位无意中在船上睡着了的老农,似乎就不那么吸引那位少年和我们的眼球了。但除了纯粹取乐的价值之外,奥德修斯自称谋杀者可能也会让这位少年留意到,自己必须认真对待这位异乡人,并与他保持距离。换了别人,会更愿意跟一个可能是东道主的人搭上关系,但奥德修斯不是这样,他始终只在意能否掌控回归他自己的通道。

雅典娜及时而热情地回应了奥德修斯编造的故事(13.291–300):

> 他这样说完,目光炯炯的女神雅典娜
> 微笑着把他拍抚,恢复了女神形象,
> 美丽、高大,精通各种光辉的技能,
> 对他开言,说出有翼飞翔的话语:
> "一个人必须无比诡诈狡狯,才堪与你
> 比试各种阴谋,即使神明也一样。
> 你这个大胆的家伙,巧于诡诈的机敏鬼,
> 即使回到故乡土地,也难忘记
> 欺骗说谎,耍弄你从小喜欢的伎俩。
> 现在我们这些暂不说,你我俩人
> 都善施计谋,你在凡人中最善谋略,
> 最善辞令,我在所有的天神中间
> 也以睿智善谋著称。可你却未认出
> 我本是帕拉斯·雅典娜,宙斯的女儿……"

[68]在这里,雅典娜的欣喜并不让我们感到意外,她因为奥德修斯身上有她的风范而欣喜这一事实也不让人感到意外——荷马史诗中的天神爱自己远胜于爱其他人。奥德修斯的应对,即表达他

对雅典娜之前出手相助的感谢,并迫使雅典娜向他确认这里就是伊塔卡,又一次让女神对他产生了新的赞许,并对他的英雄形象做了新的分析:审慎、机敏而富有心计(13.330-332)。学者们通常也引用这些形容词作为奥德修斯的个性定义。① 我们也可以注意到,这些词汇同样适用于描述他的女守护神。

从雅典娜的角度看来,奥德修斯向她撒谎不是一件坏事,因为他的行为与女神如出一辙,他们都运用自己的智慧去控制他人。从奥德修斯"向心式"的返乡情节来看,只要能导向一个好结果,所有的计谋都值得称赞。自此,故事情节的推进变得慎重起来,雅典娜让奥德修斯成为苍老、满脸皱纹的老者。再一次,他成了"不是异乡人的异乡人"。这样的伪装对他最后在伊塔卡的胜利起到了决定性作用,在牧猪奴欧迈奥斯的情节中也同样有用。一个老头子对牧猪人构不成威胁,而且老人可能对生命已有所领悟,因此他所讲的故事会让牧猪奴感到真实。奥德修斯的伪装推进了他的复仇计划,并且在第二十二卷达到高潮。不过,乡间场景在诗歌叙述中同样有意义。

欧迈奥斯的世界

奥德修斯与欧迈奥斯的共处再次给我们带来了熟悉的愉快之感。这位忠诚的仆人谦卑而有条不紊地生活着,他的居所被石墙环绕,周围是一圈野梨树。在墙外,木质的栅栏围成十二格,每一格有五十头母猪。三百六十头公猪(或许这涉及宇宙论的含义?)与它们未来的性伴侣隔开。稍后,我们了解到,欧迈奥斯还掌管了奥德修斯在这片土地上所有的牲畜:十二个牛群,以及同样数目的绵羊、

---

① 参见 Stanford(1963,页 31-34)。

山羊和猪。他并不是孤身一人,还有四位仆人听命于他,每天会有一个仆人挑一只牲畜送给求婚者。奥德修斯来到这个边缘地带,就如同面临一个微宇宙,与他在奥古吉埃岛以及库克洛普斯岛上见到的情形一样。①

门口四条狗粗鲁地迎接奥德修斯,朝他咆哮,他抛下手中的拐杖,坐下不动。在这里,他延续了屈辱的境况:[69]这尽管只是一个乞丐的拐杖,但也可以是召集议会的领袖权力的象征。奥德修斯丢掉拐杖的动作,不仅模仿了阿基琉斯在《伊利亚特》第一卷中的姿势,那时阿基琉斯放弃了希腊军队的领导权(1.245),也重复了特勒马科斯在伊塔卡广场上召集当地民众时大发雷霆扔出权杖的动作(《奥德赛》2.80)。奥德修斯这样慢慢地塑造自己,当然是为他潜入皇宫铺好道路,但伪装成一个无名的乞丐,也可以让他轻松瓦解国王与奴仆间的隔阂,无论这个奴仆是多么忠诚。

门口的狗与卡吕普索岛上的鸟、基尔克的狼以及阿尔基诺奥斯宫殿门口的狗相对应。诗人喜欢为人(或神)的智慧设置一个仔细衡量过的陪衬物,它影响了每次问题的解决。稍后,卑微的猎犬阿尔戈斯会在奥德修斯的宫殿前发挥同样的作用,即使过程很短。这些凶残的犬提醒我们,一直以来,欧迈奥斯稳定乡间这些混乱的因素是多么困难,也许我们还可以由此想象到,这些混乱是何等贴近宫殿。同时,我们也十分好奇,成为无名者的奥德修斯,会不会像他在其他地方的所作所为那样,为欧迈奥斯封闭的世界带来同样的改变。

欧迈奥斯及时赶来救助这位异乡人,赶走了狗群,恼怒地说道(14.37–47):

> 尊敬的老人,这几条狗差点突然地

---

① 参见 Austin(1975,页 165–168);Edwards(1993,页 60)。

> 把你撕碎,那时你便会把我怪罪。
> 神明们已给我许多其他的痛苦和忧愁,
> 我坐在这里还为我的高贵的主人
> 伤心落泪;我饲养骗猪供他人吞食,
> 我的主人或许正渴望食物解饥饿,
> 飘荡在讲他种语言的部族的国土和城邦,
> 如果他还活着,看得见太阳的光芒。
> 现在跟我来,老人家,让我们且进陋舍,
> 待你心中业已感觉酒足饭饱,
> 再叙说你来自何方,经历过哪些苦难。

奥德修斯的伪装卓有成效:欧迈奥斯看到的仅仅是一位年老的乞丐,这人将会讲述一些有关他困顿生活的故事。养猪人欧迈奥斯正在帮助的是一个社会地位相当于甚至低于他的人,因此他可以自在地邀请奥德修斯进屋用餐。

主人讲起了他的故事,贪婪求婚者的[70]出现再次衬托出奥德修斯的悲惨命运,欧迈奥斯也肯定地认为奥德修斯不会再回到伊塔卡。在接下来的一百五十行中,养猪人三次表达了他的悲伤失望,而不顾老人坚称奥德修斯国王不久一定会回来:求婚者们不知怎么也认为奥德修斯已经死了,从而变得更为贪婪且肆无忌惮(14.89 – 95);流浪者们利用佩涅洛佩与丈夫重逢的渴望,说谎话骗取食物,而奥德修斯的尸骨或许已在某个荒凉无人的海滩,在日晒下渐渐发白(14.122 – 138);老乞丐发誓说奥德修斯不久一定会回来,但养猪人还是坚决认为他已经死了,并说特勒马科斯也已离家,说不定也难逃被求婚者谋杀的厄运(14.166 – 190)。在一个能够促成奥德修斯回归的人面前,一位深爱着奥德修斯的人表现出对奥德修斯返乡的悲观情绪,这样的情节在史诗中多次出现,直到在第二十三卷佩涅

洛佩的悲观思想中达到顶点。①

同样的主题首先出现在第一卷,即在特勒马科斯向伪装的雅典娜倾诉他的苦恼时(1.158 – 168):

> 亲爱的客人,我的话或许会惹你气愤?
> 这帮人只关心这些娱乐、琴音和歌唱,
> 真轻松,耗费他人财产不虑受惩处,
> 主人的白骨或许被抛在大地某处,
> 任雨水浸泡,或是任波浪翻滚在海中。
> 但若他们发现主人已返回伊塔卡,
> 那时他们全都会希望自己的双腿
> 奔跑更灵便,而不是占有黄金和衣衫。
> 现在他显然已经遭厄运,传闻已不能
> 给我们安慰,虽然世间也有人称说,
> 他会归来,但他归返的时光已消逝。

特勒马科斯的悲观与欧迈奥斯的断言遥相呼应,这实际上是两个场景之间更大一系列对应的一部分。两个场景都经由戏剧性的反讽强烈地表达出来,对于奥德修斯返乡而言,这种反讽是一个至关重要的动力。两个场景的特色都是以不是异乡人的异乡人为主题;两个场景背后都是一个古老而脍炙人口的神话传说——伪装的神明在弱小的低等人家里,获得比在国王的宫殿更热情的招待。② 这让人感觉到,有钱人和位高权重之人(求婚者有钱也有权)不配成为[71]优秀的王室家族的继承人,他们会因为自己的恶行招致神明的愤怒,而那些无权之人则会因为他们的无

---

① 参见 Hölscher(1939,页66);Fenik(1974,页23 – 24,页155 – 158)。
② 参见 Kearns(1982);Burnett(1970,页24 – 25 n.8)。

私得到奖励。

　　这样的场景在第十六卷有一个简略的重演,当时特勒马科斯在他的父亲面前表现出绝望(16.192–200)。在以上三个场景中,我们都感受到奥德修斯终将返乡,因此特勒马科斯以及欧迈奥斯的慷慨,更增强了我们想要看到求婚者为他们的罪过受惩罚的渴望。从这个角度出发,我们往往不会注意到,在以上两种情形下,正如在整个史诗中普遍见到的那样,奥德修斯为爱他的人带来了痛苦。再次见到国王的迫切希望与对他已经死去的确信交织在一起,让他们心中忧伤。在这一点上,奥德修斯用他伤害安提克勒娅的方式伤害了特勒马科斯、欧迈奥斯、佩涅洛佩以及其他一些人。有人可能会对此提出反对意见,认为求婚者们住进皇宫,行为恶劣,这并不是奥德修斯的错。然而,他在爱他的人面前隐藏身份,考验他们的忠诚,这样的策略必然付出代价。假如读者并不相信奥德修斯为达目的可以不择手段,甚至可以牺牲他人,奥德修斯这样的做法便有待商榷。

　　或许我们可以停下来,考虑奥德修斯凭借伪装与欧迈奥斯见面的情节所含的深意。就我们迄今为止对奥德修斯的了解而言,我们可以用双重视角来看待他和养猪人之间的交流。也就是说,从一开始,两人之间情感交互的真实性就被破坏了:奥德修斯看似跟他的仆人建立了关系,仆人欧迈奥斯也与眼前这位老人建立了关系,但是,整个交流过程都建立在欧迈奥斯的错误推测之上:他以为他正在了解一位贫困的老人。欧迈奥斯所体验的关系是受这位同伴眼下的境遇推动;奥德修斯或许也有片刻被养猪人的忠诚感动,但他一直把欧迈奥斯视为实现自己目标的工具。这位仆人认为两人之间是相对平等的交流关系,但这位伪装大师认为自己在这一关系中占据着最高点,就像神在凡人之中具有至高无上的地位一样。

生平故事

晚餐用毕,欧迈奥斯邀请客人讲述他的故事。于是奥德修斯开始讲述他精心编造的冗长故事。他再一次谎称自己来自克里特,但这次他是一位富人的私生子。他的父亲去世后,与同父异母的兄弟姐妹们相比,他[72]只分到了极少遗产,但他凭自己的努力娶到了一位好妻子。他英勇善战,善于伏击和肉搏,热爱战争和航海。在攻打特洛亚人之前,他曾九次出征。神明青睐他,他却讨厌待在家里务农和照顾孩子,"不同的人总有不同的爱好"(14.228)。然后他追随伊多墨纽斯(Idomeneus)在特洛亚待了十年,指挥自己的部队作战,胜利之后回到克里特。然而,仅仅在家待了一个月,他的心灵便又催促他远征埃及。

远征一开始很顺利,结果却是一场灾难。他本打算先侦查,但他的伙伴们仗着自己这一方兵力强大,变得骄横起来,劫掠了附近的村庄,俘获了一些妇女。后来,埃及军队击溃了他的同伴,他乞求埃及国王免他一死。他在埃及待了七年,聚积了一些财富,再次出海,这次是和狡猾的腓尼基人一起,他们表面上答应护送他回家,暗地里却打算把他卖为奴隶。宙斯召唤雷暴挫败了这一计划,雷暴击沉腓尼基人的船,他抓住唯一的桅杆,被海浪冲上特斯普罗托伊的海岸,国王费冬(Pheidon)的儿子救了他。他在那里听闻了奥德修斯的消息,奥德修斯才刚刚离开那里,前往多多那(Dodona)听取有关他如何返乡的神谕。特斯普罗托伊人已准备好了护送这位英雄回伊塔卡。但在奥德修斯从神谕所回来之前,他被送上了另一只特斯普罗托伊人的船,大概是到杜利奇岛的阿卡斯托斯(Acastus)国王那里去的,可是船上的人又起了歹心:当船离开海港后,船员就控制了他,打算把他卖作奴隶。他最终在船只停靠伊塔卡岸边时逃脱,躲藏起来,直到船上的特斯普罗托伊人最后放弃了寻找他(14.192-359)。

在荷马史诗中,篇幅长短标志着重要程度。这是在第九卷到十二卷的冒险经历后奥德修斯讲述的最长的故事。这个故事与他最开始对雅典娜编造的故事有一些相似:出生于克里特、危险的敌人、遭到伏击、腓尼基船员以及海上的风暴。这些经历跟欧迈奥斯和特奥克吕墨诺斯(Theoclymenus)的人生经历有很多相似之处。欧迈奥斯也是富人之子,但他并没有那么幸运,他被奸诈的腓尼基奴隶绑架,家中的一位腓尼基女仆被腓尼基船员引诱,最终把这位王子卖作奴隶(15.403-453)。特奥克吕墨诺斯的故事是诗人而非这位预言者自己告诉我们的,他也同样经历了因一个女人而起的灾难,遭遇了两个谋杀者和一场争斗(15.222-264)。①

[73]这些人的故事,和我们平常听到的富人在宫殿中度过的安稳生活有着天壤之别。漂泊无根,不得安息,常常进出各种不同的文化,我们在第十三到十六卷中看到的人物,似乎大都这样挣扎在世界的边缘,必要时撒谎以寻求机会。战争或谋杀带来的死亡也时常出现,这样的生活比在皮洛斯、斯巴达或是伊塔卡的生活更危险。这些人每天的经历,跟"向心的"奥德修斯在返乡途中暂时遇到的危险状况一样,变动而非稳定才是他们生活的主导特征。返乡情节中的奥德修斯在一个地方有固定的身份,并有一定的财产作为保障,这些流浪汉则不同,他们必然在仓促中编造出一些关于自己的故事。②

---

① 参见 Fenik(1974,页233-244)。
② 关于《奥德赛》中乡村和城市之间的伦理差异,Edwards(1993)给出了全面且令人信服的描绘。他的见解与我的类似,特别可参见页27、49、63、69、76。亦可参见 Rose(1992,页92-140),他论到乡村是对传统英雄价值的否定。有关欧迈奥斯,可参见 Thalmann(1998,页84-100)。漫无目的地四处游荡亦是伪装者的特点之一,参见 Hyde(1998,页96)。

在一个无常的世界里,人际关系无论多么随机和短暂,都可能表现出极大的重要性。这里没有名人,所以也就没有声名导致的分离,有的只是容易形成的人际关系,我们在史诗这部分偶然听到的故事,创造了人与人之间相互联系的基础条件。同样,由于每个人对他将要遇见的人来说都是陌生人,故事也为角色的自我塑造提供了环境:老乞丐完全通过自我描述而成了欧迈奥斯生活中的存在。我们和其中的角色坐下来听一个陌生人讲述自己的冒险经历,这暂时缓和了奥德修斯返乡情节中常常很突出的紧迫性。

> (奥德修斯)
> 承蒙询问,我将把情况如实告诉你。
> 但愿现在这陋室里储有足够的食物,
> 和甜蜜的酒酿,供应我们长时间耗费,
> 我们安安静静地吃喝,任他人去劳作,
> 那时我可以在这里轻易地叙述一整年,
> 也难讲完我经历的种种伤心事情,
> 按神明意愿我曾忍受的种种苦难。
> ……
>
> (14.192 - 198)
>
> (欧迈奥斯)
> 外乡人,既然你询问打听这些事情,
> 那就请安坐静听欣赏,边呷酒酿。
> 现在长夜漫漫,有时间用来睡眠,
> 也有时间欣赏听故事,你也无须
> 过早地躺下安寝,睡眠过多也伤身。
> 至于其他人,如果有人渴望睡眠,
> 那就前去安睡吧,[74]待明晨黎明初现,
> 吃完早饭便去放牧主人的猪群。

> 让我们俩留在这处陋舍喝酒吃肉,
> 回忆过去,欣赏对方的不幸故事。
> 一个人也可用回忆苦难娱悦心灵,
> 在他经历了许多艰辛和漫游之后。
>
> (15.390-401)

这里所表达的观点,正是《奥德赛》关于艺术在人类生活中之角色的核心思考,即一个人经历的苦难通过故事讲述出来时,其实也可以成为某种愉悦。

第十三卷到第十六卷为我们理解英雄观念提供了另一个视角,这一观念在荷马的诗歌中普遍存在,尤其推动着返乡情节。在荷马史诗中,名望既是权力的标志,也是权力的基础,权力一旦获得,就必须加以捍卫并尽可能强化。基于权力的身份等级制度也必须得到维护:求婚者毫无资格,他们必须被清除;王后和仆人的忠诚也总是值得怀疑。因此,拥有权力的人必须小心翼翼地对待人际关系,这也可能把他孤立出来。荣誉使一个人在未被深入了解的情况下受到众人仰慕,但他只会与少数人建立信任关系。在伊塔卡乡村发生的人际交流并未受到以上这些观念的影响,因为异乡人在这个世界中的影响力是暂时性的,所以与人建立关系时不用担心自己的人身财产安全。一件粗陋的斗篷可以随意分享,享用一顿晚餐也不用考虑利益得失。这种人际交流最重要的中介便是彼此经历过的苦难与烦恼:讲述者可以靠一个好故事在主人那里换来一顿美餐。[①]

奥德修斯的种种生平

当奥德修斯在史诗进程中扮演各种角色时,另外一些人则扮演

---

① 参见 Mackie(1997,页87);Thalmann(1984,页162)。

着他的代理人角色。如人们经常提到的,特勒马科斯的皮洛斯和斯巴达之旅已预示了他父亲的很多行为。墨涅拉奥斯被困埃及,然后被一位友善的女神释放的故事,预示了奥德修斯被困卡吕普索之岛以及随后与神女琉科特埃的交涉。① 这两件事让我们看到了典型的荷马式描述人物的方式。在两部史诗中,荷马都采用堆砌、重复、阐明行为模式的方式来确立意义。《伊利亚特》第五到第六卷中有关[75]代奥米德群岛的描述,让我们对阿基琉斯在第十九到二十二卷中的行为有了心理准备,而第十六到十七卷中帕特罗克洛斯穿上阿基琉斯的盔甲去战斗的情节,也向我们暗示了另一个正在成形的范型。在后一个例子中,帕特罗克洛斯穿上了阿基琉斯所有的盔甲,却并未带上他的长矛,因为只有阿基琉斯一人可以使用那柄长矛。另一个相似的情节出现在争夺弓弩的故事中,奥德修斯禁止儿子拉开他的弓,因为那是他个人力量的象征。

　　事实上,在第十七卷奥德修斯回到伊塔卡的宫殿之时,特勒马科斯开始再次扮演他父亲的代理人。他将自己的历险告诉母亲,就如同他的父亲即将做的那样。当佩涅洛佩走下阶梯去见儿子之时,她被描述为"有如阿尔忒弥斯或金子般的阿佛罗狄忒"(17.37),②这样直接的比喻在史诗其他地方只出现过一次,即第十八卷54行,那时王后走下阶梯去和伪装成乞丐的奥德修斯交谈。③ 争夺弓弩之时,特勒马科斯将自己定位为一家之主,他让母亲上楼,自己代表家庭和求婚者交涉。某种程度上来说,所有这一切都可以看作特勒马科斯成熟的标志:他已经打算学习他父亲的行事,并且准备帮助他的父亲,甚至取而代之。在第十三到十八卷中,特勒马科斯一直都是坚决站在奥德修斯一边的几个人之一。

① 有关特勒马科斯,参见 Fenik(1974,页166)。
② [译注]《奥德赛》17.37,王焕生译,前揭,页312。
③ 关于重复,可参见 Fenik(1974,页166)。

特奥克吕墨诺斯,这位谜一般的先知,第一次来到伊塔卡时与特勒马科斯偶然相遇,后者把他带到家中,他与这位失踪的国王奥德修斯也有着有趣的关联。他是个逃亡的谋杀犯,从他的故乡被流放。在第十三卷,奥德修斯告诉雅典娜,自己是一个逃亡的谋杀犯,而且他也被放逐出故乡。与特勒马科斯和欧迈奥斯不同,特奥克吕墨诺斯多次预言了奥德修斯的回归,正如伪装的奥德修斯也多次预言真正的奥德修斯将会回归。归根结底,史诗中特勒马科斯的历险利用了一个古老的传说,即儿子将流亡的父亲带回家的传说,在这个意义上,特奥克吕墨诺斯成了第一个由儿子带回家的奥德修斯版本。①

欧迈奥斯同样以某些方式作了奥德修斯的代理。在他的悉心打理下,这个虽然偏远之地仍些许保留了曾经盛极一时的伊塔卡宫殿所残余的王家秩序。② 当求婚者们贪婪地侵夺皇宫里的财产时,欧迈奥斯却努力保护着主人在乡间剩余的财产。欧迈奥斯赶走乞丐身边的狗群,这在一个较低的层面上预示了奥德修斯[76]将会赶走那些求婚者。特勒马科斯从旅途中归来后,欧迈奥斯看到他时激动得热泪盈眶,"像一位父亲激动地拥抱自己的儿子……"(16.17-18)。这位养猪人为主人经营着一块地方,奥德修斯最终得以从这里开始收回他的财产,声明自己的国王身份。所以,诗人毫无意外地安排伪装的国王及他的儿子首先和欧迈奥斯见面。

因此,第十三到十七卷刻画的很多角色,他们的行为都影射了奥德修斯将会采取的行动。随着英雄逐渐接近在宫殿中的最后算账,他的路已经由他人铺好,这些人作为英雄的代理人,将篡谋英雄家产的求婚者们置于英雄的股掌之下。奥德修斯很快就会亲自到达那里:先是以一个看起来没有丝毫威胁的老乞丐的身份,继而无

---

① 关于特奥克吕墨诺斯,参见 Fenik(1974,页 233-244)。
② Austin(1975,页 165)。

比荣耀地显出真实身份。因此,他编造的故事和他自己的真实经历实际上有很多近似之处,拥有很多"真正的"奥德修斯具有的特质。面对雅典娜,他是个流浪汉,他到过特洛亚并且带回来很多战利品;他疑心人要害他,并靠自己的机智避免了财物遭人暗算;他被人带到伊塔卡,所乘的船因为风暴而沉没,到达岸上之后他睡着了,船上的人把他的货物放到离他不远的地方后乘船离开(13.256 – 286)。面对欧迈奥斯,他又摇身一变,成为一个有着富裕家世背景的人,善于伏击和掠夺战利品,后来成了一名参加过特洛亚战争的老兵,平安回乡之后又参加了对埃及的战争。在那里,他的手下全部死于贪婪和狂妄,但是他通过向埃及王求情而逃脱一死。在国王的保护下,他在埃及积累了很多财富,但当他再次远航时,却碰上狡猾贪婪的船员,最终他们都死于海上的风暴,只有他一个人活下来。海浪把他冲到特斯普罗托伊人的土地上,他受到特斯普罗托伊国王的殷勤款待,后者还允诺用船送他回乡(14.192 – 359)。

我们之前的假定存在着缺陷,特别是当我们沉浸在返乡情节中时,我们默认,奥德修斯在乡间为自己创造的角色,以及后来他在妻子面前展现的样子,都一样不"真实"。然而,其实他所讲的每个故事都有一些部分在重述真实的历险。将真正的奥德修斯改变为另一个虚构角色的时候,需要改变多少东西?假如说编造的故事中包含一些虚假要素,也包括一些真实的要素,而编造出来的这个人物其实是英雄的另一个版本呢?由于我们假定这些虚构角色的作用是帮助奥德修斯操纵他人,所以我们没有提出这样的问题。从这个角度来看,跟奥德修斯与阿尔基诺奥斯的关系相比,奥德修斯在茅草屋内和欧迈奥斯建立起来的关系就显得不那么真实了,因为养猪人是在回应来自异乡人的[77]"错误"信息。实际上并没有什么"真实"的奥德修斯需要欧迈奥斯去认识,因为那个英雄眼下正躲在伪装下面。鉴于这是一首如此自觉于其自身技艺之形成的诗歌,若我们将视野局限在雅典娜及其安排的情节律令中,将是错误的做法。

奥德修斯的造就(再造)

诗中的宙斯曾两次指出,雅典娜已经为奥德修斯成功返乡做好了准备(5.22-24,24.479-480)。她是整部剧本的导演,如同一位银匠创造她的艺术品,雅典娜也在不断地完善奥德修斯的形象(6.229-235;23.156-162)。在某种程度上,这位女神可以视为奥德修斯的创造者,帮助他最终击败求婚者,夺回了自己的王国。当然,在《奥德赛》中,雅典娜也不是唯一的创造者。游吟诗人斐弥奥斯和得摩多科斯(Demodocus)也同样可以看作荷马自己在诗中的映射,他们通过吟唱歌曲而成为英雄的创造者。[①] 但诗中最卓越的叙事艺术家是奥德修斯,在第九到十二卷,他再次创造并巩固了自己的声名。前文已说过,我们没有理由怀疑他是以自己的亲身经历为底本讲述故事。同样无可置疑的是,他想通过这些故事来博取斯克里亚岛的听众的同情,就像他对待欧迈奥斯那样。我们需要问自己一个问题:第九到十二卷讲述的故事与"假故事"有何不同?根据返乡情节的修辞来看,前者是第一人称对实有之事的叙述,而后者是策略性的谎言。

但由于故事的这个部分处处都是为奥德修斯——这个角色在漫长的归乡旅途上一直在一次又一次地重新创造自己——这个角色设置的行为模式,又由于史诗本身如此注重技艺在创造角色中所扮演的角色,因此,我们也可以把假故事看作某个连续体的一部分,

---

① 关于斐弥奥斯和得摩多科斯,可进一步参见 Pucci(1987,页195-235)。

不同版本的奥德修斯都沿着这个连续体,存在于叙事框架内之内。① 在这个部分中,我们遇到的所有角色的身份都有一种流动性,其中包括奥德修斯。② 如果我们暂时忽略雅典娜所控制的筹划——这筹划告诉我们,她的英雄的易变性是神秘的,与他的身份无关——那么,奥德修斯的其他自我完全贴合欧迈奥斯好客的乡间农场世界。

首先我们可以注意到,下面的疑虑并非不现实:[78]如果一个人离开家乡和亲人二十年,他是否还是从前那个人? 或者,甚至这个人自己都会怀疑,在经过了这么长时间之后,他还能再次回家吗? 怎样才能回家? 他有这样的疑惑一点也不奇怪。在这样的语境下,那些假故事可以看作奥德修斯为了返乡小心谨慎地塑造的多重身份。无论如何,有哪个被两部著作记载的英雄,或一片安宁国土上完美的国王,会像奥德修斯一样,一生中一半时间都是一个军人、一个流浪者,而且背井离乡,居无定所? 先抛开特殊的方面不说,他故事中主角的类型,跟我们在第九到十二卷看到的奥德修斯有显著的区别吗? 他告诉卡吕普索他渴望回到故乡,思念他的家人,但我们通过前半部史诗所认识的奥德修斯,却与他自己向欧迈奥斯所讲故事中描述的那个人完全相合:(14.222 – 227):

> 我当年就是这样作战,却不喜欢
> 干农活和家庭琐事,生育高贵的儿女,
> 我一向只是喜欢配备划桨的战船、
> 激烈的战斗、光滑的投枪和锐利的箭矢,

---

① 关于"真"、"假"故事之间的对应,参见 Beye(1987,页 46 – 47);Doherty(2002)),亦可参见 Hyde(1998,页 66 – 67)。

② 关于变动不居的身份作为伪装者的性格特征,可参见 Hyde(1998,页 54)。

一切令他人恐惧、制造苦难的武器。
定是神明使我心中喜爱这一切。

我们知道很多奥德修斯从特洛亚回来后的故事,而所有这些故事都说他离开了家乡,再次踏上了浪迹天涯的旅途,这的确并非偶然。

再思卡吕普索

奥德修斯在他虚构的故事中完成了极其生动的自我塑造。他在先前的历险中见识了各式各样的文化,自己也一次又一次地从异乡人变成名人。随着这些情节展开,我们逐渐从史诗叙事中发现返乡情节内部的一组张力,即雅典娜一直致力支持的奥德修斯的返乡目标与奥德修斯的实际行动之间的张力。有时,奥德修斯的行动似乎反映了另一套不同的假定,这套假定关乎他的行为的意义,也关乎他的行为与身份之间的关系。这组张力反过来又促使我们重新考虑卡吕普索故事中的一些假定。因为雅典娜促成了奥德修斯从奥古吉埃岛的逃跑,所以在那段情节中,她的命令与以下观点[79]相符:为了赢得声名并因此获得存在的意义,英雄必须拒绝神女的保护,离开她那无时间的世界,回到凡人的世界去经历死亡与流变。在卡吕普索插曲以及随后的一些历险中,诗人反复运用奥德修斯的重生这一意象,暗示奥德修斯一旦获得自由,就会反抗遗忘所带来的麻木,持续不断地重新自我塑造。

然而,如我们所见,随着故事发展,雅典娜为奥德修斯设定的目标,与奥德修斯自己通过行动进行的自我塑造,其间的联系变得成问题了。诗人用了一个与卡吕普索的名字十分相像的分词 amphikalypsas("掩藏",5.493),来描述奥德修斯初到斯克里亚并处于昏迷时雅典娜在英雄身边保护他的状态。这个词是第一个线索,它促使我们考虑,女神雅典娜提供的保护,与神女卡吕普索提供的保护,二者是否完全不同。史诗下文还暗示了"牵绊奥德修斯的女性们"与佩涅洛佩之间的相似性,这样一来,女巫们带来的被遗忘的危险,与伊塔卡最终的安宁之间,几乎并没有太大差别。虽然雅典娜释放了她所喜爱的奥德修斯,但在第五卷中,她的一些计划看起来与卡吕普索的所作所为并不总是有明显区别。雅典娜欣赏奥德修斯操纵他人以及将自己的野心付诸实现的能力,但如同十年来奥德修斯一直极力挣脱陌异世界的停滞状态一样,雅典娜为他安排的成功,也会将他置于这种不适的状态中。

结　　语

当奥德修斯回到伊塔卡时,我们会很自然地产生一种预期:他最终会击败那些可憎的求婚者。雅典娜也即将出手相助,根据自己的意愿谋定事情的走向。在这一点上,诗人又以其惯用的文字伎俩吊我们的胃口,放慢了情节发展的脚步,让我们眼巴巴地等待着大结局。由于我们急于看到奥德修斯的最终复仇,这样的拖延更令人难以忍受,因此数千年来,史诗的这一部分备受批评。但是在史诗中各种矛盾和冲突越来越激烈的语境下,如果我们观察奥德修斯在伊塔卡乡间的那段交流,便会发现,欧迈奥斯的形象跟众多参与了这段故事的旁人一样丰满有力,他们也体现出《奥德赛》对人类生活本质的复杂思考。

首先,我们可以从奥德修斯和欧迈奥斯在茅屋的相遇,看到这个并非异乡人的异乡人的持续[80]动力。奥德修斯再次成为一个匿名者,一个无名小人物,碰巧来到友善的养猪人面前。和往常一样,我们看到了诡计,于是他们之间的对话看起来充满反讽。这些都是熟悉的场景:一个匿名者融入一个新社会,并且从当地居民那里得到一些东西。很多时候,欧迈奥斯看起来就像另外那个独立生活在自己精心营造的世界中的"养猪人"——波吕斐摩斯。二者都听说奥德修斯将会前来,都在英雄的重生中起了作用,并且两个人都被"无名"操纵。当然,两者之间的差异也同样鲜明:欧迈奥斯为奥德修斯提供原属于他的主人的食物以及庇护所,波吕斐摩斯则妄图吃掉奥德修斯;库克洛普斯族独自住在山洞里,与自己的同伴缺少联系,也缺乏建立这种关系的能力,欧迈奥斯则盛情款待陌生人,彼此分享各自的遭遇,很快与对方建立了友好关系。这些不同点也是表现欧迈奥斯角色重要性的关键所在。

这些生平故事暂时打断了史诗的故事进展,却以其特有的方式反映出我们一直在探寻的两种交错的生活景象。一方面,奥德修斯编造的故事反映出他想要掌握认知,并利用认知操纵他人。对养猪人隐瞒自己的身份,既可以试探他的忠诚,又可以在宫殿中控制他的行为:奥德修斯不能在不恰当的时机透露过多信息。但另一方面,两个身份低微的人之间也建立了友情,纵然这友情是基于欧迈奥斯关于眼前这位流浪者所掌握的"虚假"信息,但是对国王和仆人来讲,要建立起这样的关系无论如何都是不可能的。特勒马科斯和特奥克吕墨诺斯之间建立关系也是基于同样的动因,只是相对短促些:特勒马科斯跟欧迈奥斯一样,代表奥德修斯作为整个家庭的男主人,不计较年轻人不光彩的过去,为其提供帮助与庇护。反过来,这两位待客之主,都在奥德修斯编造的虚假故事以及欧迈奥斯真实故事中的仁慈国王身上看到了自己的影子。

虽然奥德修斯在他的故事中所塑造的角色的正当性问题并未解决,但是,这些叙述行为对于整个史诗主题结构的提示却足够明了。奥德修斯所编造的"自传",清楚不过地表达了促使他塑造自我的动力,这种动力推动着他从头到尾都致力于实现从无名小人物向奥德修斯的生成。与这种意义上的生存力量相反的,是在伊塔卡等待他的既有身份——这一身份恒久不变,并通过他[81]不断地变换角色得以实现。雅典娜已经谋划好了他的返乡,神圣的标签也已贴在他身上,即,她命令他做出一些令人痛苦的有时甚至会伤害人的行为。这样一位英雄将要栖居的世界,如同英雄自己的身份一样神奇,它反抗时间的蹂躏,并且可以通过国王的归来完全得到恢复。

与此相反,穿上了欧迈奥斯披风的这位无名的游荡者,却在绝然缺乏神力的世界中四处游荡。在这个世界里,人类生活处处受机运摆布,并遭受时间的掠夺。没有向他敞开的宫殿,也没有忠诚的妻子和仆人。他没有任何抛弃自己这种生活的念头,直到抵达家中。相反,他抓住时机,通过编造故事建立了与养猪人的联合。他的身份尽管已由他细述的故事固定下来,但也是与当前从他生命中路过之人互动而形成的。由于他已经没有什么好失去的,所以他不需要守护自己的财产,不需要把它们藏在山洞里,或图谋通过屠杀来恢复自己对所有财产的控制。在奥德修斯从卡吕普索之岛到伊塔卡的整个旅途中——按史诗的年表而非故事的年表,这一个奥德修斯,与那个到达斯克里亚、到达库克洛普斯岛,以及到达基尔克洞穴的匿名异乡人所指示的方向相比,总显得多走了一步。

史诗的叙事在不止一种意义上构成一个完整的圆圈。奥德修斯回到了伊塔卡,这个他多年前离开的地方。但是他最终是在一个不同的点上重归于此,即下决心融入受必死性支配的人类世界,正是这样的决心促使他离开了奥古吉埃岛上的神女。雅典娜站在他这边,随时准备帮助他,奇迹般地使他恢复国王、丈夫、父亲、儿子的身份。他自己也做好了准备。然而他性格中的一些颠覆性因素——这因素曾使他决定摸入波吕斐摩斯的洞穴——还处于活跃状态,似乎要回应那股要让他恢复到特洛亚战争之前的那个自我的决定性推动力。

奥德修斯在欧迈奥斯处的逗留,通常被视为最终清算求婚者之前的一段插曲,这段插曲既是为我们也是为奥德修斯而设。但是我们可以通过如下追问来跳出这一设定:奥德修斯最初在伊塔卡海岸登陆,与他最终乔装进入伊塔卡王宫,这两个事件之间(虽然这些情节让我们感到有些不耐),是什么让我们做好准备并且怀着更多的欣赏来,迎接诗歌的高潮？回答是,正是这中间的那些故事,让诗歌的这一部分显得尤为重要。充满技巧地说故事既可以创造人的身份,也可以保护人的身份,这是《奥德赛》的一个核心主题,在这部分得到了独特的体现。第十三到十六卷[82]奥德修斯的遭遇创造出来的种种自我,并非产生于富人宫殿中的那些御前表演,充满了反映王家地位的光辉事迹。相反,那些故事是玩弄卑微手段的人彼此互赠的见面礼,其内在的动机是分享苦难而非增添荣耀,苦难把所有人联在一起,荣耀则必然使人与他人隔绝。①

奥德修斯编造的虚假故事,使史诗中和英雄人物身上体现出来的几组张力——匿名与成名、死亡与存活、有限与无限——引发的问题变得尤为集中。这些对立将继续推动故事向前发展,让奥德修斯最终踏进自己的家门,作为一个异乡人打入求婚者内部。但在我们跟他一起回家之前,还可以通过另一种视角去审视奥德修斯的凯旋。

---

① 对于这些区分的略微不同的理解,可参见 Scodel(1998,页 172 – 173)。

5
赫耳墨斯守护的对象:作为伪装者的奥德修斯

> 倘若赫耳墨斯参与进来,那么经过些微的混乱,便会产生一个新秩序。
>
> ——海德(Lewis Hyde)

[83]奥德修斯名字由来的故事,反映了他与母亲家族的关系,这关系颇能说明问题。① 年老的奶妈为这个流浪汉洗脚时,无意间发现了他脚上的伤疤(19.392–398):

> ……立即发现她认出了那伤疤。
> 那是野猪用白牙咬伤,当年他前往
> 帕尔涅索斯看望奥托吕科斯父子,
> 他的高贵的外祖父,此人的狡狯和咒语
> 超过其他人,为大神赫耳墨斯所赐,
> 因为他向神明焚献绵羊或山羊的腿肉,
> 博得神明欢心,神明乐意伴随他。

随着这位乔装的英雄潜入毫无戒心的求婚者们的据点,荷马将

---

① 关于这一情景的讨论,可参见 Clay(1983,页56–69);Peradotto(1990,页120–142)。

他和希腊神话中首位伪装者(赫耳墨斯)的形象联系起来。① 我们也可以看到,奥德修斯没有辜负他的外祖父赐予他的名字:为自己和他人带来麻烦。② 然而他的伪装者形象远远超过麻烦制造者的形象。他越过边界,[84]让边界变得模糊,然后乘机渗入权力的中心,打破既有事物的旧秩序,为他带来改变创造空间。从返乡情节的视角来看,奥德修斯潜入自己家中,重新夺回了原属于自己的东西,从而再次确立了伊塔卡应有的秩序。然而,正如诗歌中的多处情节都表现出复杂性,奥德修斯的行为也应蕴含多重意义。

伪 装 者

伪装者的形象无处不见,出现在印第安、地中海、欧洲、亚洲、非洲以及其他一些文明中。当然,任何一种原型都有相当不同的实现方式,因此,任何企图对其进行一般化概括的行为都可能误导人。然而,正如海德近来所指出的,这一形象看起来确实保留了一些跨文化、跨时间的特质。③ 无论如何,我们不打算像对待美国本土神话故事中的"土狼"(Coyote)④,或对待希腊传统中赫耳墨斯那样的欺骗者一样,对奥德修斯的形象进行人类学分析。虽然《奥德赛》是由口传诗歌演化而来,但诗中的英雄是由众多不同的范型塑造出来的复杂的文学形象,其中绝大多数范型都与伪装者相去甚远。

不过,在奥德修斯的返乡途中以及在他自己家中,他行为的某

---

① 参见 Hölscher(1989)关于民间传说作为背景的讨论。
② 参见 Dimock(1956);Dimoc(1989,页 246 – 263);Peradotto(1990,页 94 – 142)。
③ Hyde(1998)。
④ [译注]"土狼"(Coyote)是印第安人神话中有名的伪装者,它狡诈多变,扮成人形各处行骗,制造麻烦,但它同时也颇具智慧与创造力。

些方面的确使人想起伪装者范型的某些部分,尤其是《赫耳墨斯颂诗》中赫耳墨斯的所作所为。① 我特别感兴趣的是,作为扮演越界者角色的这个伪装者,如何提出了存在论问题,并追问"存在"(what is)。正是在这里,这个形象与离心的奥德修斯以及他的世界重叠。从这个角度看,奥德修斯的颠覆性行为对于诗歌更宏大的主题结构所具有的内涵也逐渐明了起来。

伪装者的力量大多由行动实现。越过边界后,他才能模糊世界得以被认识的范畴,有时也可以制造极具成效的混乱,让新的意义从混乱中产生。无论何时,边界一旦划定,就要排除某些东西。② 如果这种排除是彻底的,被排除的资源就丧失了,并由此招致停滞与匮乏。我们可以说,伪装者跨越边界使边界处于开放状态。海德将这样的排除功能称为"除尘工作"(Dirt work),就是说,排除掉的东西就是"尘埃"。③ 当然,什么可算尘埃,会因个人如何看待世界应当怎样以及实际怎样而有所不同。如同海德所言,

> 如果说尘埃是[85]创造秩序的副产品,那么,关于尘埃的争论便是关于我们如何塑造了这个世界的争论。④

此时,我们面临着"排除"带来的一个潜在的邪恶的副产品——暴力。⑤ 一旦世界的结构生成,最大既得利益者便会竭力维持这种结构,曾经偶然的、任意的东西成了"自然的"、"真的"。界

---

① 关于赫耳墨斯作为伪装者,参见 Brown(1947);Hyde(1998,页203-225)。
② 参见 Hyde(1998,页285-286)。
③ 参见 Hyde(1998,页171-199);关于"尘埃",进一步可参考 Carson(1990)。
④ Hyde(1998,页198)。
⑤ Wohl(1993,页22)。

线一旦划定,护卫者们便会加强和巩固它。

因此,伪装者的行为,就其是越界性的而言,可促成变化。既然给经验之流划定界限是一种创造特殊意义的方法,那么,越界者就会把意义看作偶然的、可协商的、并非一成不变的。同样,处在可渗透的界限内,人的身份也会流变不居。说谎反对"真理",盗窃动摇私有权,两个行动都在质疑规定的界限,因此,毫不奇怪,谎言和偷盗是伪装者伎俩中的两个标准元素。① 事实上,这两者相互联系,说谎是话语意义上的盗窃,两者都是通过"挪用"的方式,让事物从这种意义"转移"到另一种意义。海德进一步推进了这一思考,他寻找行动的符号学意涵。② 也就是说,某个事物只有通过取代某个别的东西,才具有重要性。没有运动,无论在事实中还是在头脑中,意义都不可能产生。我们开始看到,偷盗和/或撒谎在何种意义上可能是创造意义的前提条件。

海德举出两个行动作为意义的实例,即忒瑞西阿斯对奥德修斯最终旅程的预言,以及托名荷马的《赫耳墨斯颂诗》中赫耳墨斯偷盗阿波罗牛群的情节。③ 根据第十一卷中忒瑞西阿斯的预言,奥德修斯肩上的船桨一方面可以指即将出海,一方面也可以指靠近岸边,区分二者的便是行动。同样,当阿波罗的牛群无忧无虑地待在牧场时,它们在尘世中没有丝毫意义:它们既不是野生的又不是驯养的,它们也不会繁殖,所以数量上会保持恒定。但一旦赫耳墨斯偷走它们,它们便成为献祭的牺牲和供食用的家畜,进而参与到死亡和流变的行列中。我们或许还可以加上第三个例子——太阳神的牛群,它们同样有着恒定的数目,不死亡也不繁殖,永不可受外界的侵扰,或者说,永不可被移动。

---

① 有关伪装者与撒谎,参见 Hyde(1998,页 55 – 80)。
② 参见 Hyde(1998,页 65)。
③ 同上,页 64 – 65。

最后,除了个别特例之外,伪装者都是男性。关于伪装者原型为何有此特点,目前尚未完全弄清楚,这也超出了我们的研究范围。① 对于我们想要达到的目的而言,注意到这一现象便已足够,也许这会[86]提供一些线索,方便我们理解诗歌如何把对伪装者的描写与奥德修斯的人物塑造融为一体。

伪装者与英雄

奥德修斯常被当作西方文学史中的第一个喜剧英雄,因此我们不免会追问,这一文学史上的英雄,与民间传说中的伪装者形象有什么关系。某种程度上,这是一个语义学问题,但这两类人物的功能有所区别,就我们想要研究的问题而言,这些区别极为重要。首先,伪装者通常都是超自然的存在者,能神奇地变形、隐身和操纵自然世界,但喜剧英雄往往只是凡人。其次,两者之间更重要的差异,在于他们的行为影响所在世界的方式不同。在这个方面,诗歌通过叙事要达到什么目的尤为关键。我们倾向于把某些故事定义为喜剧,这些故事容许破坏事物的惯常秩序,因为破坏的世界秩序终将会恢复。我们说过,《奥德赛》的返乡情节便是基于这种定义,所以我们称之为西方文学中的第一部喜剧叙事。其后的例子包括希腊的新旧喜剧(欧里庇得斯的一些浪漫爱情剧可能是其先驱)、罗马喜剧和莎士比亚喜剧。

判断喜剧叙事文体的关键在于,我们相信被破坏的正确秩序(无论叙述中如何定义这种正确秩序)最终能获得恢复。我们如果事先知道故事中所有言辞与行为都可撤销,就尽可以欣赏过程中各种各样的无序状态。一旦我们的信任被辜负,英雄在故事结尾被杀

---

① 同上,页 335–343。

害,我们可能会感觉受了欺骗。喜剧故事的主要人物常常带有欺骗性,他们通过操纵故事中的人物和事件,以保证达到他们想要的合适效果。我们因为期待事情"终究会好起来"(come out right),所以便会宽容那些换一个语境可能无法忍受的或是不道德的行为。我们发现奥德修斯符合这样的描述,但普劳图斯喜剧中聪敏的奴隶、莎士比亚笔下的精灵也在此列。然而,尽管伪装者与这类角色间具有明显的共同之处,一个关键的差异依然存在:伪装者总是拥有改变的力量,他必然会在离开之时让所到之处有所不同。

伪装者与古典文学中的悲剧英雄亦有一些共同的特征,这类悲剧英雄始自《伊利亚特》中的阿基琉斯。再一次,故事中的主角反映了诗歌叙事的目的。从文学意义上讲,我们把一个故事称为悲剧[87],是因为叙事目标有意强调我们不得不接受人类行为的局限,其中最重要的局限性就是死亡。因此,不同于喜剧世界中一切皆可的特点,悲剧会主张一个拥有线性的、不可逆的时间的世界。在这里,言语和行为都不可逆转,正如埃斯库罗斯的《阿伽门农》(1019 – 1021)中的合唱团所唱:"一旦鲜血洒出,谁又能将其收回?"典型的悲剧英雄无法接受自身存在局限,特别是无法接受必死的命运,较之普通人,他们的行为也更接近于神。有时,英雄最终会对自己在这个世界中所处的位置有新的认识,就如阿基琉斯,或是索福克勒斯笔下的俄狄浦斯;有时,他们又像索福克勒斯笔下的埃阿斯那样,不能理解自己的位置,并因固执己见而毁了自己。无论如何,悲剧这类艺术作品迫使我们接受人类的局限,并向我们展示,如果从这样谦卑的视角出发,世界会发生什么变化。

与伪装者一样,典型的悲剧英雄也是居间性的人物。当他跨越重大界限后,其结果将给既定秩序引入新的观念和经验。悲剧英雄常常突破边界,边界所能限制的只是一些弱者,冥府之行便是典型例子。英雄下行的结果是,他带回了普通人无法获得的知识和经验。此外,英雄跨越边界,也帮助我们这些其余的人认识到冥府与凡世的分界所在,并认识到我们所在的世界如何形成:阿基琉斯因好友帕特罗克洛斯之死来到他自己的下界,这深远地改变了他对于自己在浩瀚宇宙秩序中的位置的理解。在《伊利亚特》最后一卷中,阿基琉斯还两次用言辞安慰普里阿摩斯的丧子之痛。① 这位老人前去恳求阿基琉斯归还赫克托尔的尸体,以便下葬,阿基琉斯提醒他,在全知全能的神面前,人统统都渺小无力:我们必须无条件接受神给予的一切,然后尽全力去做能做之事。此处阿基琉斯内心世界的谦卑,与他在故事早期表现出来的傲慢与自私截然相反。也正是因为他的这种改变,才让我们得以分享他的新智慧。

悲剧英雄和伪装者都可以带来变化,但他们在世界中的位置截然不同。即便拥有超凡能力,悲剧英雄也与其相对应的喜剧人物一样,终有一死,但伪装者在某些方面却可以超越人类的境况。英雄向我们展现了人类生活的限度,恰恰因为他自己是凡人。尽管他常常是[88]一个孤独者,但他确实是我们中的一员。相反,伪装者却不属于"我们"的范畴。伪装者闯入不属于他的世界,可能因此而扰乱那个世界的样子,通过制造麻烦创造意义。英雄往往为羞耻感所推动,伪装者却不知羞耻;英雄可能远离家乡游历四方,但还可以返回故乡,伪装者却无家可归,他靠行动界定自己,无根无依。

赫耳墨斯

在《奥德赛》中,赫耳墨斯的重要出场一共有五次。在第五卷中,他向卡吕普索传达宙斯的命令;在第十卷中,他给了奥德修斯神奇的魔草,使其免受基尔克魔力的影响;在第二十四卷中,他引领求

---

① 参见 Nagler(1974,页 174 – 196)。

婚者的亡魂来到冥府;在第八卷中,他对阿波罗唱出摩多科斯的乐曲,以回答他对赫菲斯托斯、阿瑞斯和阿芙洛狄忒情事的见解;在第十九卷,他作为奥托吕科斯的守护神,出现在关于奥德修斯名字来历的叙述中。在前面三次出场中,作为宙斯和雅典娜的代理人,赫耳墨斯神虽然超越了界限,但并未颠覆事物的本来秩序。尽管他对阿芙洛狄忒的爱慕表明了他品格中不那么恭敬的一面,但他与阿波罗的对话表明他位处奥林波斯诸神的核心圈。最后,他与奥托吕科斯的关联直接把这位神与颠覆行动联系起来。作为宙斯的代理人,赫耳墨斯支持雅典娜为奥德修斯制定的返乡计划。他欺骗和操纵他人的本领也许可以体现在魔草上,但他的使命使他坚定地站在支持既定的奥林波斯秩序的立场上。实际上,赫耳墨斯作为伪装者的形象最充分的展现,不是出现在《奥德赛》中,而是出现在后来约写于公元前600到前550年间的托名荷马的《赫耳墨斯颂诗》中。在那里,这位奥托吕科斯的守护神展现了自己的真面目。

《赫耳墨斯颂诗》讲述一个局外人如何变为局内人的故事。赫耳墨斯出生在远离奥林波斯山神圣诸神的阿卡狄亚的洞穴里。他的母亲迈娅是一名地位较低的女神,但与宙斯有过一段短暂的风流韵事——这些事无一例外需要避开赫拉的监视(1–9)。赫耳墨斯在婴儿时便早熟,他在降生的第一天就挣脱襁褓,做出了惊天动地的事。他用龟壳做出第一架七弦琴,美妙地歌唱了自己降生的故事;他盗走阿波罗的牛群,为了不留痕迹地把牛赶回家,他用嫩枝做成鞋子倒穿在脚上;这位[89]最早的童子军发明了钻木取火,然后用一些牛作了献祭(22–154)。

此处,我们可以发现伪装者的某些传统特征,其中欺骗是最主要的,但也包括了僭越之举和创造力。赫耳墨斯在一连串冒险行为中跨越了不止一种界限。他跳出母亲的怀抱,很快从一个无助的婴儿变成一个自足的神(20);他跨越了"高顶洞穴"(23)的大门,从赛利尼山游历到了皮埃里亚,进入奥林波斯诸神管辖的地区;他盗走了阿波罗的五十头牛,并驱赶着牛群穿过阿尔菲欧斯河,到了一个陌生牧场的畜棚(99—108);用牛为神献祭之后,他又回到家中,"像一阵秋天的微风和迷雾一般"(147),神不知鬼不觉地打开家门。

赫耳墨斯的这些行为不单纯是身体上的。这位幼神脱离母亲的子宫,完全掌控了自己的力量,从凡人的边界之地来到属于神的奥林波斯之境,然后重新返回凡间。他变换形态,从肉身化为迷雾,再回到肉身。除了变换自身的形态之外,他还变换自身之外其他物体的形态。七弦琴诞生于一只活乌龟,在将其制作成乐器之前,赫耳墨斯称其为"迷人的曲线舞者"(31),他把它从动物世界带入人类文明的范畴。他将阿波罗的牛群从永恒的、完美存在的神界带到了充满死亡与变化的凡人世界。就连他用来取火的木棍,也同样越过了大自然与人类文明之间的界限。他所有的创造都始于一些基本的变形:树枝变成便鞋,乌龟变成七弦琴,木棍变成火。

赫耳墨斯的盗窃展现了诗歌的主题。迈娅面对这个偷偷回到家中的任性的儿子,警告他阿波罗发现这件事后的可怕结果。赫耳墨斯十分尖锐地回答母亲说:别拿我当孩子一样对我说话,我知道什么对我们最有利;我们必须跻身奥林波斯诸神的圈子之内,而不是继续留在这个黑暗的洞穴里;宙斯最好给予我跟阿波罗同样的荣光,否则我将会成为盗贼之王,闯入阿波罗位于德尔斐的神圣之地,盗走他的三脚鼎(163—181)。

盗牛一事原来是他设计好的,目的是激怒阿波罗,引起宙斯的注意。故事余下的部分讲述了赫耳墨斯如何实现自己的目标,得到与阿波罗同样的荣耀,并且跻身奥林波斯诸神的体系。在获得此结果的谈判过程中,赫耳墨斯[90]运用他发明的七弦琴作为讨价还价的筹码,将这个意味着统领音乐的乐器赠予阿波罗;作为回报,阿波罗让赫耳墨斯做盗贼之主、畜牧之神以及神谕和预言的信使(254—

580)。这位伪装者越界的结果,是使世界的样子发生了改变。那些曾经用以规定事物存在方式的界限被打破,并且留下了漏洞。这样,七弦琴和管弦乐器用来演奏音乐,木棍用来生火。这位幼神已然成为奥林波斯诸神中的一员,盗窃之术也成了神圣秩序的一部分。[1] 我们随后并未再次见到有关迈娅的故事,不过可以推测,她会母以子贵,地位高升。

《赫耳墨斯颂诗》中的赫耳墨斯为我们谈论《奥德赛》中的奥德修斯提供了一个良好的开端,因为颂诗作者像荷马一样,用民间故事的叙事模式塑造了一个文学形象。赫耳墨斯在诗中的很多行为都表现出伪装者的特点,但最终,这首诗成了一个有效的类似于成长教育的故事,讲述了"男孩"成熟的过程。与永远无家可归、四处游荡的伪装者不同,赫耳墨斯通过在世上来回迁移,为自己找到了一个新家。在这一点上,《赫耳墨斯颂诗》就像《奥德赛》中奥托吕科斯的故事一样,展现的是主人公早期的生活史。在《奥德赛》中,我们见到的是一个温驯的赫耳墨斯,与颂诗中那位不羁的幼神形成鲜明对比。如今,赫耳墨斯全力为他的父亲宙斯以及其他奥林波斯诸神服务。他的形象变成了返乡情节所设想的奥德修斯的形象——完全"向心式的"形象。

奥德修斯经常表现得像一个伪装者,这早已不是什么新鲜事。[2] 更重要的问题是,伪装者原型在故事中的出现,是否有助于表达史诗有关凡人身份的反思?也许我们可以首先回到第五至十二卷中奥德修斯的历险故事,他在其中经历了多个不同的社会,但没有任何一个社会成为他的家。他是一个游荡者,又像伪装者一样,时不时带来重大变化。

---

[1] 对观《伊利亚特》24.24。
[2] 参见近期 Russo(1997)的研究。

保持边界的开放:卡吕普索与费埃克斯人

伴随着奥德修斯从奥古吉埃岛来到斯克里亚,再到伊塔卡,我们可以看到,他正竭力从一种神圣的存在缓慢地回到有死之人的世界。[91]从人类生活的角度来看,受困于卡吕普索之岛的奥德修斯与神女同处的生活无疑充满了欢愉,但却毫无意义。在奥德修斯这最初的形象中,伪装者的特点并不十分明显。作为宙斯尽职的使者,赫耳墨斯促成了奥德修斯的被释放,此时的奥德修斯在很多方面与我们将要一直在诗中看到的形象不一样,他心无诡诈。他对卡吕普索说的话非常老练,但基本属实。实际上,这次对谈的力量源于每个角色里面情感的脆弱性。但是,这个情节在神的无时间性的完美与凡人的转瞬即逝之间建立起张力,这一张力在史诗的剩余部分起到了决定性作用。卡吕普索之岛形象地代表了一种停滞状态,这正是伪装者要与之斗争的状态,他要渗透进去并让其界限保持开放。在这里,赫耳墨斯扮演了一个越界者的角色,执行了现在已然是宙斯和雅典娜的意愿:释放奥德修斯回到时间之中。我们看到,随着故事的发展,卡吕普索对他的埋没与伊塔卡那等待着英雄的极乐,二者之间的不同渐渐变得不再那么清晰。① 一旦两者之间的差距消失,伪装者似乎就会继续选择逃离。

在某种程度上,当奥德修斯被冲到斯克里亚岸边时,他已经一只脚迈进了存在着时间与死亡的世界。费埃克斯人独立,追求幸福而躲避痛苦,他们生活的世界与伊塔卡惨淡的现实相去甚远。他们是凡人,但比起欧迈奥斯茅草屋中的主人公所讲故事中的人物,他们又更接近于神。此时,奥德修斯接替赫耳墨斯成了越界者,自此,

---

① 参见第四章"再思卡吕普索"一节,原文页78-79。

我们开始看到英雄操纵他人、自我隐藏的一面来到前台。他利用瑙西卡娅的天真与年少好奇,让她领着自己去见王后。直到赢得国王的青睐后,他才道出自己的名字,随后他又通过讲述他在特洛亚的经历,吸引了一大批仰慕者。

讲故事可以赢得声名。通过讲述自己版本的冒险经历,奥德修斯和史诗中其他许多人一起,通过传诵他的故事而增加了他的名望。① 同时,他的表演也制造了一种充满魔力的气氛,这使他不仅与得摩多科斯和费弥奥斯等游吟诗人成了一路人,也与反英雄的歌者卡吕普索、基尔克和塞壬等成了一路人。学者海德研究了《赫耳墨斯颂诗》中提到的赫耳墨斯用来吸引阿波罗的乐曲,并发现了如下联系:

> [92]故事与乐曲,这是两种让社会秩序自我沉醉的"安眠药",洗衣店和加油站的收音机整天播放的歌曲,悦耳上口的民谣哼唱,都维持一种对现实的认同,并且让现实看起来充满活力。②

海德描述的作为伪装者的赫耳墨斯,突出了神可以施魔(enchant)也可以祛魔(disenchant)的能力。当赫耳墨斯在《颂诗》中为阿波罗歌唱时,他施魔;当他盗窃阿波罗的牛群,将它们带到时间中时,他祛魔。要点在于,游荡在边界的伪装者既不是施魔者,也不是祛魔者,而是身兼两种特质:

> 他既不是掌控那通向外面之门的神,也不是掌控那通向里面之门的神——他是掌管枢纽的神。他是半明半暗中的斑驳

---

① 参见 Felson(1997,页131-132);Martin(1989,页146-205)。
② Hyde(1998,页218)。

人影……既令人吃惊又不令人吃惊……我有时会疑惑,是否并非所有伟大的创造性心灵都参与了这种双重行动:他们哼唱着一个新的迷人的神族谱系,甚至在他们除去祖先所吟诵的神身上的神秘色彩时,也在这样做。①

奥德修斯当然是以自己的故事来娱乐宾客,但或许,他也想用这些故事在他们脑海中强化无往不胜的英雄必然返抵乡井的画面感。换句话说,他要让返乡情节中的社交始终以他自己为中心,他是国王,只要返回伊塔卡,便可以使一切重归正常秩序。

波吕斐摩斯:用言辞构建世界

库克洛普斯族的故事总是能让我们愉悦,因为奥德修斯用言辞重构了世界,这是伪装者惯用的手法:"有时他的说话方式混淆了谎言与真相的区别,或削弱了世界赖以形成的既定界限。"②我们在故事尾声中读到,那个怪物早已在等着奥德修斯到来(9.508 – 521):

> 天哪,一个古老的预言终于应验。
> 从前这里有位预言者,睿智而魁伟,
> 欧律摩斯之子特勒摩斯,最善作预言,
> 给库克洛普斯们作预言一直到老年。
> [93]他曾告诉我一切未来会发生的事情,
> 说我将会在奥德修斯的手中失去视力。
> 我一直以为那会是位魁梧俊美之人,

---

① Hyde(1998,页209)。
② Hyde(1998,页213)。亦可参见《赫耳墨斯颂诗》中(行261 – 277、行268 – 286)关于赫耳墨斯的早熟和灵验的演说。

> 必定身体健壮,具有巨大的勇力,
> 如今却是个瘦小、无能、孱弱之辈,
> 刺瞎了我的眼睛,用酒把我灌醉。
> 奥德修斯,你过来,我会赐你礼物,
> 然后让强大的震地之神送你回家园,
> 因为我是他儿子,他宣称是我的父亲。
> 只要他愿意,他还会治好我的眼睛,
> 其他常乐的天神和凡人都无此能力。

我们十分清楚所谓的"赐你礼物"指的是什么。当奥德修斯最初要求波吕斐摩斯尊重宙斯规定的好客规则时,这只怪物立马吞掉奥德修斯的两个同伴,显示出与以上法则相悖的残暴的"好客方式"。在这里,奥德修斯的处境十分危险。声名——通常是通往权力的道路——在这里也会成为招致杀戮的原因。

奥德修斯用一个著名的双关语化解了这一危险,改变了波吕斐摩斯洞穴中的世界。① 奥德修斯谎称自己叫"无人"(Outis),从而摆脱了声名带来的困境(9.366、403 – 412)。值得留意的是,奥德修斯名字发音的改变也影响到了这个怪兽以外的库克洛普斯族。"无人"(Nobody)这个名字不但使奥德修斯的对手不能立刻攻击他,同时也将岛上其他居民卷入他的谋划中。奥德修斯双关语的成功,是因为他在其他库克洛普斯族不知情的情况下利用了他们。"无人"本会与他匿名的伙伴在洞穴里茫然无助,孤立无援,但他突然与其他怪物结成同盟,进一步孤立了那个折磨他的家伙。奥德修斯的另外一个双关语把 mê tis 和 mêtis 即"机智"联系起来,于是,本该是暴力统治的社会,现在则由纯粹的智性掌控。

---

① 参见 Austin(1972)。

奥德修斯为了逃离，用了不止一个计谋。他用蜜酒将波吕斐摩斯灌得不省人事，再将同伴藏在羊肚子下面，以逃脱看管。但他用言辞掌控现实的能力才是其他一切计谋可能实现的原因。我们曾经说过，史诗中的奥德修斯是"变化"的主要执行者。眼下，伪装者范型为我们提供了理解奥德修斯这一角色的另一视角。最初，库克洛普斯族给我们的印象，让我们把波吕斐摩斯看作一个野蛮的怪物，毫无同情心，杀人不眨眼。这个视角让我们透过返乡情节看待奥德修斯及其同伴，觉得他们都是受害者。但当波吕斐摩斯的眼睛被刺瞎时，我们对他的第一印象开始变得不确定起来。这只怪物反过来成了奥德修斯各种计谋的受害者，因为奥德修斯拥有用言辞操控现实的能力，所以他使波吕斐摩斯更加远离同族，比以往更被[94]同族孤立，本来只有一只眼睛的他彻彻底底瞎了。这位暂时路过的伪装者永远改变了波吕斐摩斯原有的世界。

在另外两场更冒险的经历，即奥德修斯逗留在基尔克处以及冥府之行中，我们已经看到，奥德修斯面临的威胁从一开始就被雅典娜的信使赫耳墨斯消解了，而在其他场景中，这些危险则把他里面的那个伪装者释放出来（基尔克给奥德修斯的建议使奥德修斯的冥府之行安然无恙，这可以看作赫耳墨斯对英雄的护佑的延伸）。在奥德修斯到过的这两个地方，我们都没有看到因为他的出现而产生任何永久性的变化。有关太阳神牛群的情节，与赫耳墨斯偷盗阿波罗牛群的故事极为相似（或许正是以此为范型），展现出奥德修斯的"向心式"形象，他徒劳地试图防止越界之事发生，这更容易让人想起阿波罗而不是赫耳墨斯。波塞冬对费埃克斯人的惩罚在奥德修斯抵达伊塔卡前立即发生，从另一个方面看，也可以将之理解为伪装者范型中的一部分。在有关波吕斐摩斯的情节中，库克洛普斯族所居世界的边界被一位虚伪的伪装者打破，导致这个之前本来运转得很好的社会与现实世界产生了联系，毫无疑问他们将面临某些带来永恒痛苦的事物。

在这些情节中,伪装者范型与返乡情节之间的关系在两极之间摇摆,造成了海德所谓的"双重运动"(double movement)。英雄在费埃克斯人中讲述的他的故事,支持返乡情节;库克洛普斯故事中的"无人"(Nobody)则与奥德修斯的"离心式"形象紧密相连。与赫耳墨斯一样,奥德修斯既可以施魔,也可以祛魔,可以通过言辞创造一个新世界,也可以打开我们的视野,让人们质疑既成的现实世界。我们可以在《奥德赛》整个后半部分都感受到这种"双重运动"。英雄返回伊塔卡,要重新确立他不可动摇的地位——这是雅典娜想维护的;但另一方面,这位伪装者又使那界定伊塔卡世界的边界保持着开放。

欧迈奥斯与伪装者

一旦奥德修斯回到伊塔卡,这一"双重运动"就变得剧烈起来。现在,我们已准备好迎接雅典娜计划的完成、无情的报复以及恶棍的败落。在儿子、奴仆甚至雅典娜女神的帮助下,乔装的英雄向[95]猎物逼近。我们感到,一旦他再次返家,一切都将回到该有的状态。另一方面,老乞丐却塑造了奥德修斯的另外一种生活状态:不那么关注妻子、家庭以及财产,钟情于不断掠夺及游荡带来的快感。在此,伪装者以故事讲述人的身份走到台前。

返乡情节中的奥德修斯不因时间和环境的改变而改变。在皱纹与肮脏的衣服下,这位国王有着风信子般的卷发和青年一般的力量,静候着他复仇的时机。事实上,他活着就是为了重新夺回那被篡夺的一切。他渴望回到故乡、回到家庭,没有什么能阻止他。从这个视角来看,他的王国拥有和奥林波斯山一样的某种神奇特质。我们亦不自觉地在雅典娜的引导下,对贪婪求婚者的荒淫行为感到义愤,并且相信正是他们的行为使伊塔卡遭到玷污。然而,我们已经发现,奥德修斯在雅典娜、欧迈奥斯和后来的佩涅洛佩面前编造的故事,为我们展现的是一个全然不同的人。老乞丐是一个被苦难命运击倒的人,他脸上的皱纹说明了这一切。他不是国王,只有在得到出于怜悯的邀请后才能进入王宫。他没有固定的家,也没有欢迎他回去的家人。不过这也无妨,因为他并不喜欢待在家里,而是喜好到处游荡、挑起战争、扰乱国内的平静。

展现在欧迈奥斯和我们眼前的老乞丐,某种程度上正是奥德修斯那样一个人——一个像奥德修斯那样经历的人——完全可能成为的样子;也就是说,假如英雄返乡图景的边界稍稍松动一些,奥德修斯很可能就会变成老乞丐这个样子。如之前所言,种种结构都需要界限,界限可以把排除某些事物变得合法化。有一种方式可以帮助我们理解奥德修斯在《奥德赛》后半部分的自我塑造,我们可以把这样的奥德修斯看作雅典娜设计好的返乡情节中那个一心一意要回家的英雄的一种反型。一心一意要回家的奥德修斯角色受制于一个欲望——在神圣的层面上也是回应雅典娜的旨意,即让伊塔卡复原为他去往特洛亚之前的样子。当他一步步靠近宫殿时,他和雅典娜所谋之事的要求愈发紧迫:抓住时机是一切的关键;在恢复伊塔卡秩序的过程中,每一个人都必须受到控制,成为雅典娜和奥德修斯计划中的一部分。此时,边界变得更加严格。仿佛为了回应这一紧张局面,奥德修斯的其他自我也在他的故事里走向前台。伪装者引导我们跨过界限,为我们呈现出另类可能的生活,展现了返乡情节试图挡在门外的丰富的宇宙。如果说雅典娜塑造的国王没有受到年龄和环境的影响,那么,老乞丐则会让那通向时间流逝和[96]多舛命运的大门保持敞开;如果说奥德修斯更像一个神而不是一个人,那么,老乞丐则会提醒我们凡人的脆弱以及凡人所过的日子。

奥德修斯乔装成的老乞丐为我们提供了两种看待世界的方式，这也在某种程度上体现了《奥德赛》作为一部艺术杰作的丰富性。奥德修斯是雅典娜的杰作，他是如此美好，他耀眼的光芒曾迷住瑙西卡娅和佩涅洛佩的双眼，他的人物设定使他能够以英雄的方式向求婚者复仇。但另一方面，奥德修斯又表现出颠覆性的、反英雄的游荡者面相，这个游荡者反映出，奥德修斯在归家途中的绝大多数所作所为，都与他宣称要做的截然相反。这位兼具施魔与祛魔能力的伪装者，其双重行动在奥德修斯的自传式叙述中得到了完整体现。对费埃克斯人，奥德修斯用一个故事魅惑他们，保全并巩固了自己的威严和神一般的存在；对欧迈奥斯，他则创造了一个可以把雅典娜的神奇故事完全去魅的人物。

结语：边界上的奥德修斯

我们看到，这位伪装者时常跟社会中的"灰尘"打交道，即跟那些在社会边界得以划定时被排除掉的人和事打交道，边界定义了一个群体及其世界。我们发现，奥德修斯在欧迈奥斯的村落中扮演了伪装者角色，以一个边缘人物——我们是否可以说是居间（liminal）人物？——的面目出现，这个人在他的整个生命进程中弄脏了他的手。对此我们也许不会感到惊讶。我们大可以把欧迈奥斯也理解成排除在边界外的人物，他已不再是王国中的一分子，该王国先前由它的主人统治，现在则局面糟糕。在第二十四卷，奥德修斯与拉埃尔特斯奇特的谈话，或许也为我们展现出他作为一名狡黠的伪装者在边界的存在，他在尘土上，与如今地位低贱的父亲共处。我们在接下来的一章对此会有更详尽的描述。

我们之前也阐述过，由于伪装者的越界行为，伪装者通常都暗含于"什么是"（what is）这一问题形式中，所以在斯克里亚、在库克洛普斯的洞穴里,甚至是在卡吕普索那里,奥德修斯一旦进入伪装者角色,便可以改变那里的"什么是"。作为"变化"的执行者,奥德修斯最大的挑战是驱逐求婚者,改变自己家中事物的面貌和现状。在这里,我们重新接近了全诗最核心的张力,这一张力由多组对立关系表达出来——时间与永恒、停滞与改变、平凡与神圣。我们要怎样理解第十七到二十四卷中发生的事?是理解成将要改变现状的回归,即重建那曾经有过的、[97]在国王未归期间暂时中止了的一切,还是理解成一个新世界正在到来,这个世界顺应了时间流逝所带来的变迁?并且,到底是谁回来了?是神一般的英雄奥德修斯——他没有受到时间的摧残,仅仅受回归到存在中心的欲望驱使,那中心就是由雅典娜的橄榄树所固定的他的婚床?还是另一个奥德修斯,这个奥德修斯以他的过去——就是他把自己非凡的意志强加于周围世界而造成的结果——为标志,永不停息地渴望用经历来确证他的存在?

6

沉睡者醒来：扮作乞丐归来

[98]《奥德赛》以一个问题开篇：奥德修斯在哪里？随着故事展开，另一个更加麻烦的问题出现了：奥德修斯是谁？当这位乔装改扮的英雄抵达自己宫殿的门口时，第一个谜看起来已经被揭开，但第二个谜依然未解。事实上，两个问题在很多方面皆有关联，只是这种关联在史诗开篇不太明显，而且第一个问题也比我们最初想象的要复杂得多。我们对《奥德赛》这部史诗以及奥德修斯这位主人公产生源源不断的想象，追根溯源，就是由于以上两个问题引发的争端。通过诗中主要角色的视角，我们已经经历了许多的故事，因此，回答以上两个问题就相当于直面诗歌的核心意义。而只有到了整个故事的末尾，我们才能得到荷马告诉我们的全部答案。

在第二章中我已指出，许多人认为《奥德赛》的尾声难令人满意，这或许是因为，返乡情节要求的英雄，与我们在前面二十二卷中看到的那个逐渐演变的奥德修斯并不吻合。跟随故事中异乡人和伪装者的足迹，我们现在可以探索史诗与人物之间、向心力与离心力之间的张力所蕴含的深层意涵。在理解诗中主人公行为与性格上出现的"离心"特征时，我们可以不把它解释为奥德修斯失去自我约束力、[99]情有可原的恶作剧，也不视为诗歌所由产生的社会中双重标准的映射，我们现在可以将其视为理解英雄及其使命的另一种方式。换句话说，如今我们可以用另一种偏离雅典娜视角下的情节律令的方式来讲述这个故事。

在史诗最后三卷中,与乞丐的出现相呼应,佩涅洛佩也打破沉寂出现了。她正好及时站出来,不经意间帮助了奥德修斯,同时也成了丈夫的焦虑之因。我们也可以通过双重视角来理解佩涅洛佩与奥德修斯两人身上体现出来的"共契"(like-mindedness)。

男性解放者

想要弄清《奥德赛》内部逻辑结构的人常常会有这种感受:他们不断追踪奥德修斯从特洛亚到伊塔卡整个旅程中的行为模式,然而,当相似的行为模式再次出现在诗歌高潮部分时,他们似乎陷入了解释的死胡同,他们越来越不信任英雄最终会恢复秩序这一结局。譬如,我们注意到,奥德修斯多次进入某个女性化的世界,通过展现男性气概,帮助自己逃离与女性相连的沉寂世界。史诗中首先出现这一模式,始于赫耳墨斯作为男性解放者,促成奥德修斯从卡吕普索之岛逃离的这段情节。那以后则是奥德修斯本人成了自己的解放者。费埃克斯人的岛、波吕斐摩斯的洞穴、基尔克的岛屿以及冥府,都可视为女性化的世界,奥德修斯必须将自己从这些地方解放出来。我们进一步发现,在史诗开头部分,伊塔卡被描述为一个缺少男性气概与权威的世界:求婚者的德行与小孩子无异;①宫殿中充斥着消极、委顿的气息,至少英雄世界会把这些与有死的妇人相连。

此时,跟随返乡情节,我们面对着一些有趣的问题。如果伊塔卡的社会模式与威胁奥德修斯的女性世界一致,那么,奥德修斯从伊塔卡"解放"出来是什么意思呢?谁是拯救者,谁又是需要被拯救的人? 当然,我们可以简单地说,伊塔卡不同于其他任何地方,因

---

① 参见 Felson(1997,页 111-113);Wohl(1993,页 24)。

为它是返乡故事的目的地。但是,即便我们不把伊塔卡作为例外,也很有可能得到其他答案。或许乞丐就是一个[100]需要得到解救的奥德修斯,回归的英雄则是拯救者。从这个角度看,特勒马科斯递出弓弩,就是英雄出现、乞丐得救的关键时刻。我们还可以进一步说,返乡情节中特勒马科斯的作用在这一刻变得更加鲜明:正是在他把弓弩递给这位乞丐的时刻,他成了将父亲从颠沛流离中解救出来的儿子,这也是之前我们所见由特奥克吕墨诺斯所预示的神话模式。又或许,我们是不是可以认为,需要被解放的奥德修斯——根据这个不受流变影响的王国的模式——正是那位二十年前远征特洛亚、由神保护着并终会归返的国王?

上述两种解释都可能成立,但并未穷尽所有可能性。假使我们继续探究返乡模式的惯常义涵,又会发现什么?从伊塔卡被解放的奥德修斯或许还是那位离心式英雄,他需要不断地行动才能成为他自己。他需要从哪里解放出来?从他本来应该追寻的中心世界的静止状态中解放出来。此时,忒瑞西阿斯的预言,即奥德修斯重回伊塔卡后与妻子的首个团聚之夜他所说的话,有了新的含义。英雄感受到了"中心"的可怕力量,委婉地向妻子透露了自己会再次远行的想法。

这些问题让我们又想到了另一类耐人寻味的人物——延误奥德修斯归返的女人。奥德修斯受到过各路女性力量的威胁:卡吕普索、瑙西卡娅、基尔克以及塞壬。她们都可能妨碍他完成使命。这些作为神的女人寄望于一种特殊形式的湮没,即一种处于人类时间之外的永恒幸福,她们试图让奥德修斯忘却使命。然而,史诗第五卷告诉我们:记忆唯在时间中才存在,记忆是声名的前提,而声名保证了英雄的身份等其他存在。[①] 然而,对于佩涅洛

[①] 有关滞留奥德修斯的女性和记忆,参见 Austin(1975,页 139-140)。

佩——伊塔卡唯一能延误奥德修斯的女性,我们把她排除在外不予考虑,因为她正是奥德修斯被延误而不能得到的事物中的一部分。

同时,把佩涅洛佩排除在滞留奥德修斯的女性之外,这也是神奇的返乡情节的一部分。从这种视角来看,佩涅洛佩体现着奥德修斯停止游荡、重新安定下来的律令,她是奥德修斯奋力靠近的中心。我们也许又要说,史诗描述的其他任何静止不动的状态都等同于死亡,但伊塔卡的停滞除外。这时,诗人在卡吕普索的故事中用到的巧妙手法再次清晰起来。第五卷中,佩涅洛佩及奥德修斯与她生活其中的世界,与奥古吉埃岛形成鲜明对照,尽管事实上我们随后会发现,奥德修斯的妻子与诗中其他延误奥德修斯的女性有诸多相似之处。如我们所见,夫妻二人最终相认的场景[101],强调雅典娜从中施加了作用,以推动奥德修斯主张他的权力。就像在他遇见瑙西卡娅之前一样,雅典娜美化了奥德修斯,他享用沐浴——对男性英雄而言这往往是危险的,并在妻子面前失去了控制。这里我们仍需要提到前面说的"排除":在伊塔卡没有类似的威胁,因为佩涅洛佩不同于其他人。

在这一思路的基础上拓宽视野,将会影响我们对佩涅洛佩的理解。① 关于佩涅洛佩在诗中的地位,如今众议纷纭,把她视为阻碍奥德修斯归返的女人会引来矛盾。一方面,佩涅洛佩某种程度上在奥德修斯生命中被赋予了某种为完全忠诚的妻子所不具有的力量;另一方面,她又被置于返乡情节视野下所谓奥德修斯的"最大利益"的对立面:她是奥德修斯完成使命的障碍。然而更复杂的问题是,佩涅洛佩只可能是离心意义上的奥德修斯的妨碍者,从这个观点来看,奥德修斯的使命就不是回到伊塔卡,而是通

---

① 参见 Murnaghan(1987,页 128ff);(1995,页 70ff)。

过其他行为使他自己成为——成为什么呢？一个存在意义上的自我创造的人？

异 乡 人

奥德修斯扮演成一个乞丐,用最丰富的形式刻画了这位不是异乡人的异乡人。隐姓埋名之后的他可以轻易进入一个新的地方,而若是以奥德修斯的身份进入这些地方,则会给他带来危险。据此,奥德修斯重新扮演了他在库克洛普斯故事中的"无人"的角色。无疑,机智(mêtis)以多种形式发挥了作用。一切都与返乡情节的律令一致。同样地,作为异乡人的奥德修斯抵达伊塔卡,也跟过去他以无名者进入其他地方时一样,带来了灾难与死亡。当然,在雅典娜看来,第二十二卷中那些受到惩罚的人是咎由自取,这又将我们引向了另一个耐人寻味的人物,安菲诺摩斯(Amphinomos),那位"好的求婚者"。① 诗人颇费心思地将这个人物形象与其他求婚者区分开来。诚然,安菲诺摩斯驻留在宫殿中,饕餮美食,甚至和女仆苟合,但他阻止其他求婚者杀害特勒马科斯(16.406),并且在宫殿中保护乞丐和仆人免受欺侮(18.412)。

为了回报安菲诺摩斯的善意举动,老乞丐先告诉他历经苦难得出的箴言,然后给了他一段告诫。这位年轻人似乎有所感觉——这位乞丐竟认识他的父亲。老乞丐说:所以你要留意(18.130-142),

> [102]大地上呼吸和行动的所有生灵之中,
> 没有哪一种比大地抚育的人类更可怜,
> 他们以为永远不会遭遇到不幸,

---

① 关于安菲诺摩斯,可参见 Felson(1997,页120-121)。

> 只要神明赋予他们勇力和康健,
> 待到幸福的神明们让各种苦难降临时,
> 他们便只好勉强忍受,尽管不情愿。
> 生活在大地上的人们就是这样思想,
> 随着人神之父遣来不同的时光,
> 原来我从前在世人中也属幸福之人,
> 强横地做过许多狂妄的事情,听信于
> 自己的权能,倚仗自己的父亲和兄弟。
> 一个人任何时候都不可超越限度,
> 要默默地接受神明赐予的一切礼物。

接着,老乞丐谈到了国王,他说,那位被安菲诺摩斯及其求婚同伙消耗家产的国王就在附近,不久就会回来,他最好趁着还有机会马上离开。但诗人告诉我们,安菲诺摩斯"无法逃脱他的命运"。雅典娜已经"束缚住了他",要他最终死于特勒马科斯之手(18.155–156)。

故事中安菲诺摩斯这一角色的存在,似乎仅仅是为了渲染雅典娜无情的复仇。在众多自私贪婪的求婚者中,他的行为显得格格不入:安菲诺摩斯能看到他人所受的苦难,并且同情他们。他可以得到宽恕吗?不,在胜利者雅典娜的眼中,所有求婚者都必须死。跟诸神一样,雅典娜可以得到任何想要的东西,脆弱的道德顾虑不能阻止她。与此相反,如默纳汉所言,从这位老乞丐的话里可以看到人类生活的另一种景象,它与返乡情节相左:谁也不能(即使是奥德修斯自己)假定神会一直让阳光照耀在他头顶,每个人都会经历痛苦与不幸。这样的思想正是阿基琉斯在《伊利亚特》第二十四卷中的想法,那时他最终放下神样的愤怒和傲慢,安抚这位与他同样受苦的凡人伙伴——普里阿摩斯。

这些言语所蕴含的精神,正是奥德修斯在欧迈奥斯农场时所讲述的故事的精神。面对人类的苦难,恰当的反应是怜悯,而非摆出自义姿态加以谴责。英雄奥德修斯认为求婚者都该马上死;乞丐奥德修斯则与求婚者中的一员迅速建立了交情,并试图从[103]英雄手下拯救他的性命。复仇情节的吸引力使我们遗漏了一点:求婚者中许多年轻人是当地人,他们的家人也是奥德修斯一辈子的熟人。但英雄对这样的联系无动于衷。只有作为一个无名的乞丐,他自己内心的怜悯才能被唤醒。① 这种状况伴随着奥德修斯的整个回归之旅:匿名的身份可以培养开放与连结,衡量英雄地位的声名却带来隔绝。在安菲诺摩斯与老乞丐的交流之中,我们可以越过雅典娜所安排好的情节中紧绷着的边界,看到那还鲜活地保留在伊塔卡乡间的更为宽广的世界。

伪 装 者

就北美民间传说中的伪装者形象,里克特(Mac Linscott Ricketts)曾做了这样的描述:

> 伪装者……体现了(一种)现实经历……人在这样一种经历中感觉自己是自给自足的存在。对他们而言,超自然的神灵不是人要去崇拜的权威,而是应当忽略、胜过或最终去嘲笑的东西。②

不同的传统在实现原型(archetype)的方式上也不同,古希腊与美国本土文化之间重叠的部分并不多。但里克特的观点道出了《奥

---

① 有关奥德修斯作为"倾听者"和"英雄行事者"具有不同但类似的特征,可参见 Pucci(1987,页222)。

② 引自 Hyde(1993,页24)。

德赛》中离心问题与向心问题之间根本性张力的一个重要方面。虽然离心式的奥德修斯并没有嘲弄和藐视神的力量,但他也并不指望神可以做他身份或命运的最后保障。在希腊神话中,人的现实与神的现实之间的关系向来复杂,《奥德赛》自然也不例外。① 然而,随着求婚者被杀的时刻临近,故事冲突密切聚焦于有朽与不朽之间的分野。由雅典娜创造并助其重新掌握了权力的英雄,反射着雅典娜的神性。但英雄身上还笼罩着另一种形象:匿名、短暂、比一位凯旋的国王可能拥有更广阔的经验领域。像伪装者一样,后一种角色把自己当作自身意志的产物,而不是由神掌控的宏大计划的一部分。从这个意义上说,在他拒绝卡吕普索许下的不朽之时,他已然降生。

我们看到,伪装者通过跨越边界让这些边界处于开放状态,并与[104]停滞和单调(sterility)的状态搏斗,这种状态可能得自排斥性的纯洁。在《奥德赛》的末尾,我们可以从雅典娜的神灵视角看出这种潜在的停滞,那里主张一个不承认时间流逝的国度。当然,这样的愿景必然意味着暴力:伊塔卡真正的国王必须胜利,绝不可以有例外,纯净的空间里容不下一粒尘埃。② 作为伪装者,乞丐代表了颠覆秩序的尘埃清除者,他使边界保持松弛。依据雅典娜神奇的安排,时间将从这个王国中取消,必死的命运亦会远离雅典娜所爱的这个已然恢复的国度:妻子、儿子、父亲和忠诚的仆人都已各就各位。跟在别处的所为一样,奥德修斯以伪装者的身份模式推动伊塔卡社会走向变化,即要实现那本来仅仅属于潜在性的可能。这一次,如同在费埃克斯人的岛上一样,易逝之物迫使整个社会面对排外所带来的后果:二十年已过,国王老去,其父亲即将辞世,其儿子已长大成人,同时其妻子可能正处于忍耐

---

① 参见 Wohl(1993,页 24)。
② 参见 Wohl(1993,页 22)。

的极限。

拉上战弓标志着英雄回归,这极其鲜明地突出了上述两种对立的时间观。射箭竞赛确定了最终对求婚者的屠杀,同时似乎也一劳永逸地解决了谁是伊塔卡唯一的男性统治者这个问题。从第一到四卷开始的特勒马科斯从幼年到成年的线性成长过程,在此遽然停止,并与环形的返乡情节产生碰撞。或者换一种说法,奥德修斯的沉睡使时间停滞,它宣告恢复秩序比引起变化更加重要。① 从这个角度来看,这一时刻与全诗结尾类似,那时雅典娜武断地插手干预,阻止即将发生在奥德修斯与他的家庭以及与求婚者家庭之间即将来临的争端。

在某种程度上,奥德修斯与拉埃尔特斯之间奇怪的重逢,也可以间接反映出具有破坏力的伪装者形象。奥德修斯在郊外遇见了父亲,他的内心开始纠结:是将"真相"告诉父亲——他的儿子已经回到伊塔卡,并且还会像二十年前一样统治这里,抑或暂时隐瞒,先行试探? 而他最终的决定总是显得那么无谓地残忍:他告诉他的父亲,他在五年前见过奥德修斯一面,之后便再未谋面。我们和奥德修斯一样,都能看出老拉埃尔特斯一下子跌坐在灰尘中。如果说,奥德修斯内心的纠结恰恰反映出史诗内不断发展的冲突,那么,他告诉父亲的话便不仅仅是一个恶意的谎言,而是因为他瞥见了雅典娜所否定的另一个世界。在这样的世界中,事物会随着时间的流逝而改变。此时的奥德修斯再次变成了一个无家的游荡者。[105]拉埃尔特斯跌坐到灰尘中,正是以行动表现了这一看见所意味的内涵,即向着被神力从伊塔卡所排除的物质跌落。

---

① Felson(1997,页84-86)认为,当特勒马科斯将奥德修斯带回故乡时,他"是在作奥德修斯的父亲"。

佩 涅 洛 佩

我们所谈论的伪装者形象,对于佩涅洛佩的刻画具有重大影响。① 尽管我们只选择解释她在全诗最后六卷中的行为——这样的选择引发的激烈争论持续了近千年,但一般仍公认,第十八卷中她决定下楼去见求婚者的举动,标志着诗人展现这一复杂而迷人的人物时的重大转折点(18.158 – 162):②

> 目光炯炯的女神雅典娜让审慎的佩涅洛佩,
> 这位伊卡里奥斯的女儿心中念头顿生,
> 要她出现在求婚人面前,令众求婚人
> 对她更动心,也使她的丈夫和儿子
> 觉得她远胜于往日值得受他们尊敬。

直到这一刻为止,佩涅洛佩在很大程度上一直是个消极旁观者,她只是偶尔走下楼梯与儿子或求婚者简短说几句话,然后回到卧室继续哭泣。她曾用织布的谎言来搪塞求婚者,但最终被戳穿,因而她面临着与日俱增的再婚压力。她最初曾迷惑于自己内心的冲动,"愚蠢地",或者也可以说"尴尬地"发笑。③ 随后她将心中的冲动告诉了她的女仆欧律诺墨(18.164 – 169):

---

① 特别是近二十年,有关佩涅洛佩的研究文献大量增长,在这方面,Felson(1997)的研究做得非常好。亦可参见 Murnaghan(1987);Katz(1991)。

② 关于一幕的讨论,可参见 Van Nortwick(1979)及其参考文献;我的解释就是基于这本书的观点。如今,我们亦可参见 Levine(1983);Emlyn – Jones(1984);Byre(1988);Wohl(1993,页 40 – 41);Felson(1997,页 128 – 129)。

③ 关于这一表达的讨论,可参见 Levine(1983)。

> 欧律诺墨,我心中出现从未有过的念头,
> 想去一见求婚人,尽管我很憎恨他们,
> 同时也想对儿子说几句有益的话语,
> 要他不再同那些狂妄的求婚人厮混,
> 因为他们嘴里说好话,背后生恶意。

女仆也同意佩涅洛佩需要提醒特勒马科斯,但她认为佩涅洛佩首先应该沐浴并梳妆,因为她不能在男人面前展现憔悴的容颜:哀伤会让事情更糟(18.170-174)。佩涅洛佩拒绝了这一建议,她说,当奥德修斯离开伊塔卡远征特洛亚,神明已夺去她所有的美丽。她又让两位侍女陪着她一起去厅堂,免得她单独出现在男人面前。女仆[106]去叫人了,但雅典娜别有安排,她让佩涅洛佩安睡并用神液美化她神圣的容颜,使她看起来更为高大丰满,显得"比新雕琢的象牙还要白皙"(18.158-196)。

美丽的外貌对求婚者产生了强大的作用。欧律马科斯代表众求婚人盛赞佩涅洛佩的美丽,这使佩涅洛佩又重复了一遍她对欧律诺墨说过的话:神已在她的丈夫离去之后夺去她所有的美丽。随后,她告诉众人奥德修斯离去前对她的嘱咐:如果特勒马科斯成年了(当他长出胡子时)而他还未回来,她便可以重新选择一个丈夫。如今这一时刻到来了,她说,虽然她十分厌恶再嫁,但此事必然来临。接着她暗示,通常未来的新郎必须带来礼物。于是,整个大厅便堆满了求婚者奉上的礼物,他们跟那个女仆一样,清楚感到佩涅洛佩即将对她的再度婚姻做出抉择。在这同时,奥德修斯观察着他妻子的这场表演,心中窃喜,他认为她一边用甜言蜜语向他们索取礼物,一边却在心底另有打算(18.243-284)。虽然佩涅洛佩在后一夜同老乞丐交谈之前一直没有就战弓的归属给出定论,但此时此刻,她看起来已经开始为求婚者的覆灭和奥德修斯的回归做铺垫。

近一个世纪以来,有关佩涅洛佩的争议都始于这样一个假

设——不论她在求婚者那里承受了多大的压力,无论她对奥德修斯的归来多么不确定,她对丈夫的忠诚都毋庸置疑。① 她爱奥德修斯,对他忠贞不渝,至少这种情形会延续到她确认奥德修斯的死讯之时。我们不能确定的是,她能否无论用这种或那种方法,尽可能长时间地稳住求婚者。近三十年来,关于佩涅洛佩的自主及作用的研究令人瞩目,这不足为怪,因为它反映了以女权主义研究《奥德赛》的兴起。佩涅洛佩知道些什么?什么时候知道的?她是在遇见乔装成乞丐的奥德修斯之时就开始与丈夫共同作战,还是在并不知情的情况下无意中做了正确的事?她在多大程度上受到雅典娜的控制?在第二十三卷中,佩涅洛佩诱使奥德修斯失去应有的沉着和冷静,这是否意味着她在奥德修斯自己设定的游戏中打败了他?

在此不便对这个复杂的问题给出全面分析,但我们会再次对全诗的结尾部分进行梳理,提出关于佩涅洛佩的更深一层的问题。返乡情节的紧迫感大多源于不忠诚所带来的威胁,[107]阿伽门农返乡后遭遇的灭顶之灾就暗示了这种不忠诚。② 在这一视角下,佩涅洛佩永远不应得到奥德修斯的绝对信任,所以,有关向求婚者复仇的计划,她一直被蒙在鼓里。纵然她因为忠诚而受到赞扬,但她从未在任何意义上被视为与奥德修斯平等。这一观点会认为,雅典娜才是王后突然决定与求婚者见面的真正主使,对雅典娜而言,佩涅洛佩跟其他除奥德修斯(就连他也不总是知情者)之外的人一样,③仅仅是实现她计划的工具。佩涅洛佩仅仅是返乡计划所要实现的目标之一,而非一个拥有自己的欲望、应该得到优先考虑的人。所以女神让奥德修斯的妻子出现在求婚者面前,勾起他们的欲火,这样,她在丈夫的眼里就会显得更好。与此同时,奥德修斯也非

---

① 关于这一点,可参见 Van Nortwick(1979,页273);Wohl(1993,页40-41)。
② Olson(1990);Felson(1997,页93-94)。
③ 参见 Pucci(1987,页84-85)。

常有信心,虽然妻子这时看起来很有挑逗意味,但他相信她其实另有打算。

另一方面,曾有人提出,第十八卷中雅典娜对佩涅洛佩的心理干预,通常不会被理解为代表着对相关有死之人而言完全外来的观念或冲动。事实上,当神将某些想法注入人的意识中时,其结果只是激发了某种程度上已经在人里面存在的情绪或观念。① 因此,佩涅洛佩让自己出现在求婚者面前这一行为虽然由雅典娜促成,但同样表现了她自身内在已有的一部分情感倾向。我在别处指出过,这一维度的佩涅洛佩形象早在瑙西卡娅那里就出现过,只不过,一位少女情感苏醒的画面,转变成了一位成年妇女里面长期沉寂的冲动重新又搅动起来。②

曾有人把第十八卷之前佩涅洛佩的心理状态描述为"冰封的伤痛"。③ 这一类比不无恰当之处,在古希腊和之后的文学作品中,悲情人物的一个特点便是渴望时间停止,不甘心接受损失,不愿进入生活的长河之中。④ 佩涅洛佩拆掉寿衣的计策就是典型:寿衣织成,意味着已经对拉埃尔特斯的死亡、对时间无法阻挡的进程做好了准备。⑤ 佩涅洛佩把她织好的布重新拆开,是想阻止时间的流逝,在奥德修斯回归前进入一种生命暂停的状态。这种冲动,当然与返乡情节中雅典娜希望时间暂停相类似。佩涅洛佩在第十九卷中询问老乞丐是否知道奥德修斯的去向,老乞丐回答她说,他只在奥德修斯前往特洛亚之前,在克里特岛见过他,此时,王后的情绪突

---

① Van Nortwick(1979,页272 n. 13)。
② Van Nortwick(1979,页275-276)。
③ Amory(1963,页101)。
④ Nagler(1974,页176-177);Van Nortwick(1992,页26-28,页67-69)。
⑤ 关于寿衣,可以参考 Lowenstam(2000)的透彻分析,他认为,这里织了又拆的摇摆不定,反映了佩涅洛佩对于奥德修斯回归的态度摇摆不定。

然爆发了(19.203–209):

> 他说了许多谎言,说得如真事一般。
> 佩涅洛佩边听边流泪,泪水挂满脸。
> 有如高山之巅的积雪开始消融,
> 由泽费罗斯堆积,欧罗斯把他融化,
> [108] 融雪汇成的水流注满条条河流;
> 佩涅洛佩泪水流,沾湿了美丽的面颊,
> 哭泣自己的丈夫,就坐在自己身边。

　　这个美丽的比喻,明确道出了她想让自己出现在求婚者面前这一冲动的内在含义。冰雪开始消融,佩涅罗佩的感情已经松动,这推动她做出了强弓择偶的决定。

　　佩涅洛佩发起争夺战弓的竞赛,是因为她在某种程度上已经意识到这位老乞丐就是她的丈夫奥德修斯,并直觉到她需要跟随奥德修斯的计划吗?抑或是因为,此时她已然放弃了希望,打算任由命运安排她重新嫁给另外一个人?我们永远无法给出绝对的答案。同样,王后在何种程度上作为自己的主人而行动,而不是被雅典娜当成工具,也是一个难解的问题。学者们总是想要理清这样模棱两可的情况,讲故事的人却不会这样做。可质疑的空间越多,就会有越多的读者参与到诗歌意涵的构建之中。我们只能说,诗中老乞丐与王后之间的场景,实际上还有第十八到二十三卷中对佩涅洛佩的整个刻画,让人绝难以为她只是一个机器人。她充满激情、顽强不屈且深有谋略,似乎找到了帮助自己做决定的方法,而这决定启动了求婚人遭屠杀的进程。

　　鉴于我们一直在探寻诗歌中存在的张力,对于诗人对佩涅洛佩模棱两可的描述,我们大可不必感到惊讶。事实上,人物在两极间的摇摆不定正体现了那种张力,同时也使我们对角色的理解进一步复杂化。在返乡情节的视野下,我们看到的是一个如同克吕泰墨斯特拉一样充满欲求的女人,很容易被求婚者的谄媚打动。因而,虽然她可能完全忠诚,但这样的佩涅洛佩无法获得绝对信任,在复仇计划完成之前必须让她对真相一无所知。同样,她的觉醒在某种程度上也应该视为可受女神和她所爱的那个凡人的控制。但在第十八卷中,王后觉醒了,她单独和老乞丐进行交谈,并在随后发起了战弓争夺战。她显得已经完全活在离心的奥德修斯的世界里,她被时间的律令及命运的变幻莫测撕碎,已经准备好要过自己的生活了——不论未来看起来有多么痛苦。一言以蔽之,一个危险的女人开始放开手脚了。

但是,如果老乞丐的世界——伊塔卡[109]乡间的交往就是在这个世界发生的——在史诗中依然葆有生机,那么我们还可以用另一种方式看待佩涅洛佩表现出的魄力。在第一卷中,佩涅洛佩试图阻止歌者歌唱,以缓解思夫之痛,那时她是一个只会哭泣的被动形象(1.328 – 344);而到了第十八卷,佩涅洛佩出现在求婚者面前之后,好奇心却指引她进一步探究这位老乞丐的身份,从而获取更多有关奥德修斯的信息。她虽是王后,与这位衣衫褴褛的老乞丐建立关系时却没有障碍,这反映出,老乞丐代表着人类经验的更为广阔的领域,人若向这个领域保持开放,就会从中获得那种可以把人解放出来的流动性。再一次,我们也可以把整个对话看成女神雅典娜的精心安排,若是如此,我们就会试着将王后发起战弓争夺战这一决定,视为她对奥德修斯乔装改扮操控她作出的回应。① 以上两种视角都可行。

事实上,我们发现,在第十八到二十三卷中,佩涅洛佩的行为表现出某种反复性。这表明随着老乞丐的接近,她竭力想平复内心因

---

① 关于佩涅洛佩性格的复杂性,可参见 Murnaghan(1986)。

此而生的不安与烦扰。在第一到十七卷中,她还能从根本上保持对奥德修斯必将归来的执着,默默等待,忠贞不二。而在第十八卷中,她对自己内心激起的念头作出的回应,表明她在两极之间摇摆不定,既想守住停滞状态,又有一种冲动,想要冲破她那被悬置的生命:她的心在不断地怂恿她,但她又口口声声说自己美丽已逝;雅典娜让她重生魅力,她却又觉醒过来,并乞求阿尔忒弥斯女神射死她;欧律马科斯当着众人盛赞她的美貌,她却予以否认;她羞赧地谈论聘礼与再婚的问题,随后却又与侍女一起回到阁楼。接下来,在与老乞丐的对话中,她说了对求婚者同样的话,再次否认自己充满魅力。但她最终向老乞丐透露了她那个奇怪的梦,她说自己梦见她那可爱的鹅——很显然代表求婚者——被一只鹰杀掉了,她对此感到忧伤。此处流露的感情明白无误,那是对围绕在她身边的求婚者们的某种依恋。她即刻决定安排一场战弓争夺竞赛,似乎要将她觉醒时得到的暗示付诸实际。

佩涅洛佩与特勒马科斯的交流,则从另一个方面透露出这种模糊的情感。① 在第十七卷中,特勒马科斯同特奥克吕墨诺斯一起回到伊塔卡,她的母亲十分急切地询问他是否得到了关于奥德修斯的消息。特勒马科斯让母亲先上楼沐浴更衣,显示出与刚刚成年的男人相符的支配欲。佩涅洛佩应允了,她又变回了我们所知道的那个沉默、被动的女人(17.41–56)。类似的交流在史诗余下的情节中出现过不止一次。比如[110]战弓争夺战刚开始时,特勒马科斯便让母亲先行回避(21.344–353),在杀掉求婚者之后,他又指责自己的母亲不立即与奥德修斯相认(23.97–103)。佩涅洛佩每次都顺从她的儿子并且毫无抱怨,每次都是返乡情节中那个顺从的妻子。

---

① 有关特勒马科斯和他母亲之间的关系,可参见 Wohl(1993,页38–40);Felson(1997,页21–22,页52–53,页82–83)。

当然,特勒马科斯身上表现出的富有主见表明,他已经为成为新王做好了准备,而这在雅典娜的计划之外。这些冲突在夫妻相识的场景中达到了顶点,我们现在就回头来看这一幕。

夫妻相识

史诗第二十三卷一开场,佩涅洛佩便回到她的卧房沉沉睡去——或者我们应该说她选择了遗忘,在奥德修斯回归之前,她决定从时间中退出。从她被特勒马科斯请出大厅,直到奥德修斯取得战弓的控制权,她一直在卧房里为奥德修斯久久哭泣,之后才被雅典娜施法入睡。最后,老奶妈唤醒佩涅洛佩,告诉她奥德修斯已经归来,并杀死了所有求婚者。王后非但不相信,还感到恼怒,因为自从她的丈夫离开伊塔卡去往特洛亚,她还从未享受过如此美好的睡眠。为什么此时自己还要被这样疯狂的故事打搅(23.1 – 24)?同样的情形之前也出现过:在第十八卷中,雅典娜重新赋予佩涅洛佩魅力之后,她从梦中醒过来,可她却祈求阿尔忒弥斯女神赐予她死亡,好让她继续无知无觉(18.201 – 205);在大屠杀前夜,奥德修斯陷入沉睡,佩涅洛佩却从梦中惊醒,再次祈求阿尔忒弥斯女神用她温柔的箭射中她的胸膛,(20.61 – 65)。我们应当指出,在第十八卷以及随后的第二十三卷中,佩涅洛佩用来形容睡眠的动词是 kalyptô[笼罩]:"如此温柔的沉睡笼罩着我"(kalypsen, 18.201);"你为何要把我从笼罩(ampihikalypsas)着我双眼的甜蜜梦境中唤醒(23.17)?"佩涅洛佩心中某个部分想跟卡吕普索在一起,超脱于时间,免于痛苦。事实上,透过离心式英雄的视角来看,佩涅洛佩就是神女卡吕普索。

老奶妈欧律克勒娅坚持说奥德修斯回来了,佩涅洛佩开始心怀希望:这会是真的吗?但这怎么可能?他一个人杀死了所有求婚者？老奶妈只知道,大厅里横尸满地,而奥德修斯活着。但佩涅洛佩仍不敢相信。现在还不是欢呼的时候,她对老奶妈说,一定是某位神灵杀死了他们,奥德修斯依然在远方,而且已经死去(23.25 – 68)。就像在别处一样,王后内心的摇摆在此处用睡和醒来表达,依据希腊标准的类比联想,沉睡与清醒象征着死与生。我们再次想起那个地下世界里所有死去的女人,她们都是被自己的英雄丈夫或神界丈夫所抛下的。同时这也提醒我们,杀死求婚者是雅典娜所爱的那个神样的英雄所为。

老奶妈最终劝服佩涅洛佩走下大厅,亲眼看看那是不是奥德修斯。她犹豫着,就跟奥德修斯随后在他父亲面前表现出的一样(23.87 – 88):

> ……是与亲爱的丈夫保持距离地询问
> 还是上前拥抱,亲吻他的手和头颈。

她仍旧保持疏远,举目凝视面前这位老乞丐,他有时会让她想起奥德修斯,但随即他又变回那个浑身是血、衣衫褴褛的异乡人形象。特勒马科斯对她的沉默表示愤怒:她为什么不走向她的丈夫?她的心简直像石头做成的一样。佩涅洛佩耐心地解释她心中的惊悸未定,如果那真的是奥德修斯,他们两人一定很容易相认,他们拥有他人无从知晓的秘密记号。此时,奥德修斯开始发话,他叫特勒马科斯任凭他母亲来考察自己,她会很快将他认出,但现在他全身污秽,衣衫褴褛,因而王后认不出他。他们父子俩现在应该做的是沐浴更衣,然后谋划当下的打算(23.97 – 122)。这里同时呈现出几个不同的视角:佩涅洛佩想知道面前的男人到底是老乞丐还是奥德修斯,奥德修斯忠诚的儿子特勒马科斯则只希望自己的母亲看到的就是他向来巴巴等待的那个人,那位征服一切的英雄奥德修斯。考虑到全诗中两种相互竞争的景象,我们可以换一种方式来表达佩涅洛佩所处的两难困境:她看到的是哪个奥德修斯?①

王后表示,她可以凭借外人不知的秘密记号来确定老乞丐的身份问题,此时,那个操纵众求婚者、发起强弓争夺竞赛的佩涅洛佩又回来了。现在完全是她和丈夫两人之间的事了,不需要任何人甚至是雅典娜来介入。但我们了解佩涅洛佩的动机,此时的她让我们钦佩,因为是她用自己的方式将事态推向这一高潮,她的勇气、她的决心以及她的精明——这一系列品质我们同样可以在她丈夫身上发现。当欧律诺墨为奥德修斯洗浴,雅典娜重新赋予他俊美英姿,奥德修斯的伪装结束时,最终的商议便即将开始。

此时奥德修斯第一次表现出了急躁。他的妻子看起来陌生、生硬、矜持。那好吧,他颇带怒气地吩咐老奶妈帮他整理床铺,他要一个人睡!Daimoniê,我们译作"陌生"的这一希腊语词在这里很有力量,这个形容词由名词 daimiôn——意为"超自然存在"(supernatural being)[112]——演变而来,带有古希腊文学、宗教与传说中神与凡人之间存在的那种不可逾越的鸿沟的意味。② 凡人永远不可能了解神的存在和意图,如果一个凡人用 daimonios[陌生]来描述另一个人,那么他不只是认为那个人行为古怪反常,还赋予他一种神妙莫测的色彩。毋宁说,这个词语标志着一种根本的隔阂。

佩涅洛佩回应老乞丐,称他为怪人(daimonie)。当然,鉴于她面前的人是雅典娜所塑造的奥德修斯,她的话在我们听来就带上了更深一层的意义。随后,她做到了自特洛亚的海伦后其他任何女性都不曾做到的事:她用移动床铺作为计谋,让奥德修斯情绪失控,进而在她面前暴露了自己的身份,因为他那么做只会遂了对方的意而不是遂他自己的意(23.177-204)。她骗到了伪装者,剥下了异乡

---

① 进一步可参见 Pucci(1987,页 89-94)。
② 这个形容词也显著地出现在《伊利亚特》第六卷赫克托尔与安德洛马刻之间类似剑拔弩张的交谈中,参见 Van Nortwick(2001,页 225-230)。

人的面具。站在这一优势地位,佩涅洛佩的态度温和起来,她拥抱了丈夫。毫不奇怪,她引海伦的事来解释自己的遭遇(23.218－224):

> 宙斯之女、阿尔戈斯的海伦定不会
> 钟情于一个异邦来客,与他共枕衾,
> 倘若她料到阿开奥斯的勇敢的子弟们
> 会强使她回归故国,返回自己的家园。
> 是神明怂恿她干下这可耻的事情,
> 她从前未曾渎犯过如此严重的罪行,
> 使我们从此也开始陷入巨大的不幸。

此时的佩涅洛佩已经完全清醒,她准备自己为自己负责。一位神带来过痛苦,但他们已没有必要将这样的痛苦延续下去。

心意相通

我们常常听到这样的说法,《奥德赛》最后六卷为我们展现了奥德修斯和佩涅洛佩之间如何心意相通(homophrosyne)。① 我们就以我们一直追踪的两种交替的视角为背景,来分析这对王家夫妇的心意相通。同奥德修斯一样,佩涅洛佩也让我们看到对人类生活本质的两种不同态度。作为忠诚温顺、苦苦等待丈夫归来的妻子,她自身映射出返乡情节的视角。如我之前所说,她织成[113]寿衣又拆毁它,这与她丈夫的欺骗行为一样(19.137),也可以看作她意图阻止时间流逝。这种拖延为返乡情节服务,返乡情节也是要否认时间的流逝。从另一个层面上来看,她对时间的拒绝与她的悲伤一致,悲伤即拒绝

---

① 参见诸如 Austin(1975,页 202－238),Russo(1982)。

承认生命持续向前的节律:如果她不能同奥德修斯在一起,最好还是死去。同样的冲动也表现在她两次(18.201-205;20.61-65)祈望阿尔忒弥斯射死自己,以及她极不情愿从睡梦中醒来。

佩涅洛佩的觉醒从她决定见求婚者时开始,这样的觉醒使我们理解她的任务变得更为复杂。她告诉我们,奥德修斯在离开时曾对她说,当特勒马科斯长出胡子时,她便可以去过自己的生活。关于佩涅洛佩富有暗示性地梦到鹅与老鹰,以及她随后发起的战弓争夺战,评论家们挖空心思想出各种各样的解释,试图让佩涅洛佩的心灵状态符合返乡情节中温顺的妻子形象。但我们同样也可以将这些行为视为佩涅洛佩里面那个伪装者的反映,这些行为为她走出伊塔卡家门,开始新生活的离心行动做好了铺垫。这个充满生机,完全能够用移动婚床的谋略把奥德修斯掌握在手中的女人,与雅典娜为她所爱的英雄所预想的那种静止不变的幸福似乎不太搭。她的自足是属于伪装者的自足,而不属于雅典娜的傀儡。对她的丈夫而言,她显得很怪(daimonios),因为王后身上反射出奥德修斯自己特有的自我掌控和不愿敞开自己的特征。

从这个角度看,在第二十三卷中,佩涅洛佩诉诸海伦来自我解释显得尤其意味深长。她这样把自己与海伦比较,当然也可能是考虑到一个事实,即她也许会被一个自称奥德修斯却不是他的男人所骗,从而跟那位与她相似的斯巴达女人一样,犯下奸淫之罪,尽管她再怎么无辜。但佩涅洛佩和海伦之间情况的相似远不止于此。经常有人指出,她们都是纺织者,她们都为伪装的奥德修斯沐浴,并且都成功让奥德修斯现出真身。[1] 这一成功让佩涅洛佩越过了返乡情节的界限,将归返英雄所属的神奇国度之外的世界揭示出来。返

---

[1] 海伦是佩涅洛佩的一个可能的范型,参见 Wohl(1993,页33-36、页44)。

家英雄们的妻子们心中也许都有某些冲动,威胁到王者对其家庭的严密掌控。

雅典娜再次介入进来,她阻止了时间的流逝,好使这对久别重逢的爱人享受眼前的时刻。然而,那个离心式的奥德修斯甚至这时还偷偷地溜了回来,他从佩涅洛佩的怀抱中[114]挣脱出来,并告诉她为了遵循忒瑞西阿斯的预言,他不得不再次离开,踏上漂泊之路,但是现在,他希望先睡一觉。佩涅洛佩尽管欣喜若狂,但是,仿佛是对丈夫企图打开随时远行的大门作出反应,她还是保留了比奥德修斯稍久一点的优势。他们可以欢好,但在此之前佩涅洛佩必须确切地知道那个预言。她的策略表现出之前他们处在僵持之时的那种谨慎。奥德修斯说:你真是一个怪人(daimonnie),为何如此急迫地要我现在说明?但随后奥德修斯还是告诉了她所有细节,对此佩涅洛佩回答说:"如果神明让你享受幸福的晚年,那就是我们有希望结束这种种的苦难。"(23.286-287)

国王和王后最终上床安眠,在欢愉之后各自讲述了自己的故事。然而他们的叙述异常简短,尤其是佩涅洛佩的;这些叙述用第三人称讲述,没有给我们提供任何新的信息。双方的讲述事实上都省略了几成内容:奥德修斯仅仅讲述了他回家的旅程,未涉及其中的欢愉轶事;佩涅洛佩只讲述了她对求婚者的抗争,而没有丝毫透露出她也许还享受过他们对自己的关注。① 王后对事情的剪辑最后一次向我们证实了她身上离心式的独立性。

雅典娜认为奥德修斯已享受了足够的睡眠,她又有了新主意,她再次唤起金座的黎明,给世间凡人送来光明(23.344-348)。奥德修斯起身时对未来已经有了打算,他告诉佩涅洛佩,和她重聚的时光十分幸福,但他现在又必须离去了。奥德修斯向妻子保证,他

---

① Felson(1997,页41)。

会劫掠众多羊群,来填补被无耻的求婚者消耗一空的羊圈,但现在他必须去见他的父亲,而佩涅洛佩只能待在卧房之内,不能见任何人,也不可以对任何人说话。这是我们对佩涅洛佩的最后一瞥,她又变回成为被动的妻子,等待着她的丈夫。

通常,我们会把奥德修斯与佩涅洛佩之间的心意相通放在返乡情节的语境之下来理解。① 也就是说,虽然王后在某种程度上也表现出和丈夫一样的狡黠和沉着冷静,但这一切都是为恢复伊塔卡神奇的秩序服务。我已建议扩展这一视角,将返乡情节之外的更广阔的世界也纳入观察。也就是说,心意相通不仅存在于忠诚的国王与王后之间,也存在于诡计多端的伪装者与足智多谋、思想独立的纺织者之间。佩涅洛佩的觉醒和她之后的诡计——同她丈夫的诡计一样——既可以视为向心性的,也可以视为离心性的。对奥德修斯的欺骗和隐瞒,佩涅洛佩的回应是积极主动地控制人(包括奥德修斯)和事态的发展。②

尾声:卷二十四

[115]第二十四卷几乎完全以返乡情节的视角叙述。首先,我们看到求婚者们正走向通往冥府的凄凉道路,在那里他们遇到一些比他们更著名的英雄。从阿基琉斯那里,我们再次听说了阿伽门农不光彩的死亡,随后阿伽门农详细叙述了阿基琉斯的葬礼,并向他的老朋友——死去的求婚者之一安菲墨冬打招呼。后者随后回忆

---

① 可参见 Wohl(1993,页 44)。

② 此处,我本着 Winkler(1990,页 129 – 161)眼中的佩涅洛佩的精神气质来想象佩涅洛佩,他曾批评我在 Van Nortwick(1979)中过度运用了心理分析。我仍然发现他对现代希腊材料的运用存在问题,但至于我这一发现的意义,现在我则有了不同的看法。

了在伊塔卡导致众求婚者死亡的事件：佩涅洛佩的诡计；奥德修斯潜入皇宫；老乞丐受凌辱后赢得战弓争夺战，以及他最终无情的屠杀。他讲的故事使奥德修斯和佩涅洛佩赢得阿伽门农的大肆赞誉，因为他们的才智使他们逃脱了阿伽门农回家后等待着他的厄运(24.1–202)。

这些故事线索明显有利于构建返乡情节。我们看到，求婚者们道德败坏，因此他们受到屠杀是一种正义的审判，这是他们应得的命运。为了使论证令人折服，阿基琉斯和阿伽门农被当作英雄的陪衬引出，前者的声名通过他宏大的葬礼得以突显，后者的含冤受苦则与奥德修斯的侥幸得脱形成鲜明对比。这里的一切都可得到解释，但一切又略微有些呆板。与奥德修斯的下行(katabasis，那时，英雄为生存而苦苦斗争与死亡依然如约而至的悲伤结局形成强烈反差，为死气沉沉的故事场景注入了生机)不同，这段情节充斥着无可挽回的沉闷与绝望感。这里的调子是无情的：胜利的英雄理所当然地受到赞颂，失败者则最多只能指望像阿伽门农那样，作为背叛行为的受害者出名。或许，除了没有出现在这一情节中的安菲诺摩斯之外，我们还不能把求婚者看作复杂的人类存在，他们只是作为一种陪衬存在，随后就被杀死。在冥府这阴沉的归宿之地，他们显得更加毫无价值。

接下来到了奥德修斯与拉埃尔特斯重聚的时候——这部分我们之前已讨论过；在这之后，是与求婚者家庭的最后对决。尾声部分的主题是"恢复"(restoration)。奥德修斯最终会获得应然的地位，拉埃尔特斯最终也会回到皇宫，一切都将回到正轨。如我们所料，雅典娜此时十分繁忙。她让拉埃尔特斯变得高大魁梧，映射出早些时候奥德修斯相貌的改变，两种情况都是让人回复到更年轻的形态，逆转了时间。在最终的僵持到来之前，[116]雅典娜来到宙斯跟前，询问他是想让这场残酷的战争继续下去，还是让双方回归和平。宙斯的回应与他在奥德修斯从卡吕普索之岛脱身之前的对话相呼应(24.478–486)：

> 我的孩儿,你怎么还向我询问和打听,
> 不是你亲自想出了这样的主意,
> 让奥德修斯归来报复那些求婚人?
> 你可以如愿而行,我告诉你怎样最合理,
> 既然英雄奥德修斯业已报复求婚人,
> 便让他们立盟誓,奥德修斯永远为国君,
> 我们让这些人把自己的孩子和兄弟被杀的仇恨忘记,
> 让他们彼此像从前一样,
> 和好结友谊,充分享受财富和安宁。

若要忠实于返乡情节,奥德修斯政权的确立就必须通过修复时间与环境带来的损害而实现。雅典娜幻化成门托尔的形象出现,让争端稍微延长。拉埃尔特斯奋力掷出长矛,杀死了倒霉的欧佩特斯,之后雅典娜出现,阻止了除奥德修斯之外的所有人。奥德修斯拒绝停手,直到女神直接下令,他才变得收敛。

全诗结束得很突兀,这一点我们之前说过,很多人也能感受到。然而在这种结构性问题之外,还藏着另一个问题,该问题有助于解释这一引人入胜的故事何以却有一个格格不入的扁平结局:在第二十四卷中,我们没有看到任何因角色与环境间的真正冲突所引起的行动。每一个人物都由他们在返乡情节中的功能决定,每一个人物都遵照事先编好的剧本,或许唯一的例外是奥德修斯与拉埃尔特斯的重聚。如同在叙事中的其他地方一样,诗人似乎坚持指出返乡情节中神的机械安排,以确保我们注意到他一心强调的叙事视角所暗含的意蕴。在我们走过整部史诗追踪了这个异乡人兼伪装者的行踪之后,现在我们有了一个更好的立足点去思考这些意蕴。随着故

事进入尾声,我们忽略的恰恰是国王与王后身上的颠覆性因素,因为在他们的世界里,人与人之间都在时间的必然性中互相交流、彼此接触。一旦老乞丐永远离开舞台,一旦海伦的影子烟消云散,奥德修斯和佩涅洛佩便失去了与凡人的[117]脆弱存在之间的联系,他们的交涉就必须不靠仅存在于这种关联中的那种使人释放的同情。

结　　语

在第二章的结语中,我们曾指出,似乎有两种人类生活景观共存于《奥德赛》中。在这两种视角的碰撞中,我们开始去寻找许多人在史诗尾声中看到的那些难解之处的根源。具体而言,难解之处是,奥德修斯回到伊塔卡时,我们感到他似乎并不会在这梦寐以求的地方久留,纵然他的身份已经由他在这个皇族家庭中的位置得到了定义。同样,这个被奥德修斯恢复的伊塔卡,也已经容不下佩涅洛佩这样的人——一个甚至在自己的梦里都会开小差(stray)的王后。在随后的章节中,我们一直在提出不同的范型,据此进一步理解奥德修斯性格中颠覆性的方面。我们特别追踪了这些要素对佩涅洛佩这一人物而言,以及对《奥德赛》为我们呈现的人类生活全景的义涵。或许我们只是认为,史诗中主要人物之间的张力为故事平添了很多乐趣,并就此将矛盾搁置。但如果我们想要进一步知道这部史诗缘何能紧紧抓住读者的想象力,历经千年尘霜却依旧风采熠熠,那么就需要继续深入探究。

《奥德赛》的情节在运动与静止之间循环往复,二者的关系通常更具体地表现为俘获与释放。特勒马科斯禁锢在伊塔卡,雅典娜必须释放他,让他去成长。奥德修斯陷于卡吕普索的洞穴之中,赫耳墨斯促成了他的释放。瑙西卡娅企图用婚姻困住奥德修斯,但奥德修斯却走向自由,急不可待地要回归伊塔卡。这一模式持续出现在史诗的历险情节中,基科涅斯人、食莲族、库克洛普斯族、基尔克、冥府,或许还有安提克勒亚和波塞冬,都曾以各种各样的方式阻拦奥德修斯,各有威胁和操控他的行为。雅典娜精心安排了奥德修斯的绝大多数逃离过程,将她所爱的奥德修斯推向她想要他得到的回归结局。但与这一层面的情节动机并行,还有另外一个层面的动机,那就是英雄自己的机智、意志以及决心。在极其重要的关于卡吕普索的故事中,这些品质与奥德修斯通过行动进行生存性的自我构建相连,同时也与那种让一切停滞和被遗忘的力量形成鲜明对比,这种力量由神女为他提供的命运所代表。

这些行为模式在[118]史诗的前半部分便牢牢构建起来,因此在英雄最终回到伊塔卡时,我们很容易就看出了这些模式。问题在于,这片奥德修斯为之奋斗、受神庇护的土地,使我们不禁想起诗歌其他地方已经出现过的、深深威胁着奥德修斯的各种停滞状态,它们之间如此类似。并且,在奥德修斯存在的中心点上等待着他的这位忠实的妻子——至少返乡情节是如此构建的——也与羁绊奥德修斯的众多危险的女性角色类似。换一种说法,英雄的成功归返就像一次令人不安的被俘,作为雅典娜最喜爱的人,他将居住在一个脱离大部分人类经验的世界中,即成为另一座遗忘之岛。正如他在整部史诗中一直在逃脱想要俘获他的人,同样,这一次,我们也期待他再度逃离。但如果这样的话,他似乎就不能指望从雅典娜那里得到帮助,因为她一手安排了恢复这个封闭世界的行动。这一次,奥德修斯只能靠自己了。匿名者和伪装者的范型在这里变得至关重要:两者都可以提供一种逃离,通过另一个世界来逃离返乡情节所规定的世界。

与此同时,奥德修斯的到来似乎激发了佩涅洛佩身上全新的魄力。一切充满了反讽:当他越靠近自己获胜的奖赏,这奖赏也变得越发危险地活跃起来；当他里面那个伪装者跑出来时，她也格外表现出自己的狡黠和自足；他降低身份，扮成皱皱巴巴、丑陋不堪的乞丐，她则从悲伤中振作起来引诱求婚者。这段插曲是故事倒数第二个场景中扣人心弦的部分，但仍延续了从一开头便推动史诗不断发展的双重视角。

返乡情节中的英雄奥德修斯必须由情节所规定的神奇地点中的种种参数来定义，超脱于时间和流变之外。他的存在由他的地位来定义——他是国王、丈夫、父亲以及儿子。他配得上这一地位，因为他不同于其他男人，他更机智、更果决，也更强大：声名使人与他人隔绝。按照诗歌所构建的语境，一个由声名造就的陷阱已然在伊塔卡张口静候着奥德修斯。同样，佩涅洛佩在全诗开头及结尾一幕中的沉默，是她为参与恢复伊塔卡世界所付上的代价。我们沉浸在国王回归带来的激动与满足之中，假如诗人没有引导我们以其他方式了解奥德修斯的存在，我们也就不会考虑到第十八到二十四卷的这一层面的结局。在斯克里亚、在库克洛普斯的洞穴中、在基尔克的岛上，我们都能看到奥德修斯作为无名之人获得的自由。假如被瑙西卡娅、库克洛普斯或是女巫很快认出他是奥德修斯，作为英雄的他就会陷入各种各样[119]潜在的束缚。同样，当奥德修斯与养猪奴在猪圈小屋相遇时，两人丰富的交流也使声名带来的孤独感也有所减轻。老乞丐可以根据自己的意志随意设定友谊的边界——他可以与任何他喜欢的人在他所愿的程度上成为朋友；而奥德修斯即便受到欢迎，也会隔绝于亲密的关系之外。

一旦老乞丐身处重重宫墙之内，他就要继续靠着隐瞒身份得利。就像在库克洛普斯的洞穴之中时那样，在这里，奥德修斯也可以迅速摸清敌人的底细并制定相应的对策。但除此之外，我们也看到，当奥德修斯继续隐姓埋名时，他摆脱了雅典娜设置的复仇计划中的零和律令。他可以作为一个人和安菲诺摩斯建立联系并应对求婚者,他可以根据一种更仁慈也更敏锐的关于人类动机的观念来调整自己的行动,但第二十二卷中斩尽杀绝的凯旋者则不可能心怀这样仁慈而敏锐的观念。

乞丐的这后一方面让我们再次接触到那个伪装者,伪装者总是能从匿名中获得好处。因为他跨越了边界,所以他同那种可能源自渴求纯洁的暴力搏斗。老乞丐处在生活的边缘位置,他不由在某个神奇的圈子之内的在场来定义,也不会觉得有义务去加强这个圈子的圣洁性。雅典娜看待求婚者的行为时存在绝对性,这建立在她对行为对与错之间泾渭分明的判断之上。她的英雄必须将灰尘一般的求婚者拒绝在恢复后的王宫世界之外。作为伪装者的老乞丐则试图使这一圈子的界限保持宽松,让安菲诺摩斯自由出入,但雅典娜绝不容许这样的情况发生。

我们也许可以说,异乡人可以逃脱声名的陷阱,而伪装者能逃脱停滞的陷阱。复仇情节中的英雄和他神圣的同伴将要施行的解决方案,意味着否定时间的流逝,而这种流逝本身就是一种动。在这一视角下,英雄的向心式驱动力的目标是达到某个固定的点,在史诗中,这个点的代表就是宫殿中央的橄榄树。躺在床上的奥德修斯实现了一种完满,满足了所有欲求。作为一个国王和一个丈夫,他的返乡实现了自己的目标;对读者而言,他满足了我们欣赏美好结局的愿望。这一世界跟其他这样的世界一样,看起来迷人,最终却是束缚人甚至令人窒息的。这位离心性的英雄体会到交欢的快感之后,就开始谈论动,那即将展开的新的旅程。同时,特勒马科斯已长大成人,拉埃尔特斯也已老去。在第二十四卷中,雅典娜让拉埃尔特斯变得年轻,并在最终取消的对决前维持了奥德修斯一家三代的层级关系,从而暂时延续了伊塔卡的无时间性。但即使[120]处在这一完满时刻之中,我们也可以感受到时间的流逝。奥德修斯这样激励特勒马科斯:当他拥有一定的战斗经验时(当他成为真正的男人时),就要学会不让祖先的荣誉蒙羞。特勒马科斯的回答有些话中带刺(24.511 – 512):

> 如果你愿意,亲爱的父亲,你会看到
> 我不会如你所说,玷污祖先的荣誉。

奥德修斯之子已经完全长大成人,他对生活在这一英雄梦的狭窄范围内感到有些不耐。

伪装者一再地跨越边界,让藏在边界里面的世界脱去魅惑(disenchant)。他可以打破完美但狭隘的纯净,指出哪条路通向更丰富的完满,即一个更广阔的世界,但那些像中了催眠术一般,相信世界局限于神奇的循环之内的人,将永远无法接触到那个世界。诗人在《奥德赛》中讲述了不止一个关于这个世界的故事。他为我们呈现了惊喜连连的英雄回归的故事,这个故事发生在一个令人满足的单纯的环境中:英雄、恶棍,充满了悬疑和奇迹般的死里逃生。但假如这一切便是故事的全部,《奥德赛》也不可能如此令千百年来的人们痴迷。在对奥德修斯奇迹般的得胜归来这一紧凑而中心突出的叙述背后,还藏着另一个不同的、更为广阔丰富的世界——这个世界到处都是不完美的凡人,做着平凡之事,慢慢变老,渐渐温和。荷马暗示,这两种不同的世界我们都需要,我们不能由单一的价值等级得到充分定义。我们在开端便提出一个问题:谁是奥德修斯?对此,《奥德赛》似乎悖论似地说,我们必须继续追问这一关乎奥德修斯也关乎我们自身的问题,但我们必须时刻小心,不要以为自己已经找到了答案。

跋
言辞／世界

> 我说你是个淘气的孩子，是因为我并不喜欢那另一个世界。请告诉我那个词的真正含义是什么？
>
> ——乔伊斯（James Joyce），《尤利西斯》

[121] 在《奥德赛》中，要有所作为，就需要一个好故事。逃离怪兽的圈套、调整行船的方向、挣得一顿午饭，都依赖于用言辞去创造一个世界。毋庸置疑，这部史诗中最好的讲故事者是奥德修斯，但是许多其他讲述者也从我们眼前掠过：费弥奥斯、雅典娜幻化的门托尔、涅斯托尔、墨涅拉奥斯、海伦、得摩多科斯、欧迈奥斯、特奥克吕墨诺斯以及佩涅洛佩。其中有些人讲述自己的故事，有些人谈论别人的故事。在史诗中，他们所讲的故事有的被诗人描述为"真实"，有的被描述为"虚假"，但故事主流常在。我们也许会说，这部史诗最具特色的行动就在于以创造性的方式叙述故事。

我们早已从故事框架中发现了另一层次叙事，但这层叙事一度从其他角色讲述的故事中脱离。雅典娜有她自己的故事，至少她跟宙斯讲过这个故事，即奥德修斯如何返回家园并战胜求婚者。① 到了第五卷，雅典娜开始抱怨她曾经预设的完美结局因卡吕普索的出现而岌

---

① Pucci 让我们注意雅典娜的分裂角色：

> 她既是人物的秘密说服者和鼓动者，又是一种对我们而言的公开的神圣存在……她的角色是分裂的，她既属于诗中人物世界的对话，也属于叙述者与读者世界的对话，从而实现了其特殊的叙述功效，

岌可危。她的父亲惊诧于她的焦虑:她不是之前已经安排好一切了吗?那就让这一切发生吧!诗歌最终这样结尾:宙斯用相同的话重复他的指令,雅典娜则立即[122]安排了这些事情(6.22 – 24;24.478 – 480)。我们由此知道,尽管故事中的凡人显得会经历各自的人生,但从奥林波斯诸神的角度来看,他们都只是预设的游戏中的一部分。对于故事中的角色,以及对于作为读者的我们而言,这种双重视角并不稀奇。古希腊文学建立在由人神经验之别而形成的反讽之上。《奥德赛》的诗人作者似乎特别想强调这一点:返乡情节是文学性的虚构,它暗示出一个虚构的世界,这个虚构世界与"《奥德赛》"既不等同也不可并存。

当雅典娜的创造物[奥德修斯]面临着巨大压力,需要变得魅力慑人之时——在沙滩上的瑙西卡娅面前,以及在求婚者被杀后佩涅洛佩的面前显出魅力,我们看到这位女神作为艺术家的技艺逐渐变得炉火纯青。她在不同情况下运用了不同的技艺媒介。史诗对此有明确的比喻(6.229 – 235;23.156 – 162):

> 有如一位巧匠给银器镶上黄金,
> 承蒙赫菲斯托斯和帕拉斯·雅典娜亲授
> 各种技艺,做成一件精美的作品,
> 女神也这样把风采撒向他的头和肩。

如前所述,《奥德赛》关于自身作为艺术虚构具有一种非凡的自觉性。它所创造的所有故事均以"返乡"这一情节为中心,此外,

即解释以上两个世界。虽然她仍然属于正统史诗的世界,但她也属于她的角色参与创造出的那个特殊的虚构世界。(1987,页115)

Pucci 并不关注我所关注的雅典娜"讲故事"的那些方面,但他关于雅典娜中介功能的表述和我一致。

在这一虚构内部还有另一创造物——归返的英雄,他会战胜所有阻碍其故事走向应有结局的人和事。

接下来是《奥德赛》中诗人讲述的故事,其结构安排巧妙,错综复杂地呈现了多个虚构世界。雅典娜设定好的返乡故事就嵌在这层叙事之中,同时嵌在其中的还有一些别的故事,这些故事由多人讲述,其中一些故事属于与女神的返乡故事所要求的世界截然不同的其他世界。这就把我们带向最后一个层次的故事讲述者,即我们自己——过去三千年来读过或听过《奥德赛》的读者们。我们阅读时,往往认为自己是在被动地接受文本信息,但"读者反应"(reader-response)理论认为,文本的每一个读者都参与了故事的创造。① 比如,故事讲述者若是是维吉尔或乔伊斯,那么他们复述的故事又将是一部新的艺术作品。但就我们在此书中的目的而言,所有对故事的诠释都可理解为一种复述。

通过关注奥德修斯性格中的离心要素,我一直在极力论证:史诗最外围的三个[123]层次的叙事之间的关系,不同于《奥德赛》的读者(或许我也该称读者为叙述者)通常所理解的关系。我曾提出,若是跳出雅典娜命定的返乡故事,就可以得到更加丰富的分析视角,看到一个完全不同的世界——这里有另一套关于人类生与死的设定。这一视角的解释不会去质问诗歌所述故事的真实与虚假,而仅仅是将其他故事视作诗歌所充分呈现的人类生活的一部分。通过把"虚假的"人物形象纳入视野,我们得以走近一个不同的英雄。与那个冷酷无情的高效复仇者相反,我们发现了一个富有同情心的男子:他对各种体验、各种人物保持着开放的心态——乔装的国王则只会避免这些体验,且只能把这些人当作可利用的工具。这

---

① Felson(1997)以及Doherty(1995)都阐述了观众在意义创造中所扮演的角色这一问题。

个伪装者颠覆了坚固的等级结构,使之保持开放,让新鲜空气流进来。这样的英雄足智多谋(polytropos),雅典娜所喜爱的奥德修斯则无法成为这样的人。同样,佩涅洛佩的整体人物形象也显得更加生动,她不仅是尽职的妻子,也是足智多谋的、独立的女性,她对现在保持机警,对未来保持开放,不会被过去的悲伤牵绊不前。

  这位游荡者四周的世界随着他一起打开。返乡情节中至关重要的持续紧张感,在欧迈奥斯的茅屋、在基尔克的小岛上得到缓和。层级分明的社会等级安排,反映了由英雄的权力欲所决定的价值序列,但这种等级建构也在一系列更具同情感、相互依赖的关系中得到平衡。独眼怪物不能简单视作英雄实现荣誉的障碍而径直被打败,它同时也是一个孤独的、古怪的牧人,在自己羊群的无声见证中寻求安慰。安菲诺摩斯——尽管雅典娜必会将他和其他求婚者一起定罪——也可以因他身上的一些好品质而获得某种意义上的缓刑。

  剩下的一个问题是:是史诗本身设置了(valorize)这个异乡人的世界吗,还是说,这个世界仅仅是我们从文本中挖掘出来的意义,实际上有悖于诗人的视野?我们能不能说,《奥德赛》就像《伊利亚特》一样,本身就呈现了主流英雄视角之外的另一视角,就像《伊利亚特》第二十三卷中普里阿摩斯和阿基琉斯会面的情形那样,它最终使我们的眼光投向如何评价一种人类生活?尽管这些问题不可能或不应该有确切的答案,但我在这儿的部分论点得到了一些回应。诗歌强调雅典娜设定的返乡情节是神灵的计谋,是一个关于奥德修斯和他归家的故事但又不仅仅是[124]这一个故事,从我们一直追踪的视角来看,这不可避免地会引出问题。安菲诺摩斯和乞丐的交谈也同样指出了这一问题,它使我们在胜利大屠杀即将开始之前从不同的——尽管是暂时的——立足点来观察女神无情的复仇行为。《奥德赛》的诗人创作了一个在所有古希腊文学中最硬朗、心肠最硬的英雄人物,但是,正如古典世界流传下来的那么多垂馨千祀的作品,诗人是在更复杂的背景之下勾勒他的英雄,从而促使我们更加深思熟虑地评价他的魅力,并在沉迷于英雄回归所要求的世界之前先停一停。

匿名的作用

千年之交时的许多美国人都陷于成名的诱惑——不论在哪一方面成名,也不论在什么人中成名。科技大爆炸更是助长了我们对成名的痴迷,因它让我们有了更多新的展示自我的可能性。在公私界限突然变得模糊不清的互联网上,人群如潮水般涌向那些丑闻报道,它们很快就获得极高的点击量。个人网页每天以成百上千的速度激增,任何一个登录用户都可以看到骄傲的父母贴出来的新生儿照片,或露营者分享的暑假旅行。

由于最新的技术革命,当代美国文化的另一个方面,不但在最新的技术革命中找到了表达方式,也受到它的驱动,那就是更易受到外界塑造的自我意识。如今,泛滥成灾的图片可以在无穷多的地方无限复制,这唤醒了现代派的一个观念,即内在的核心自我需要通过外部行为来显示。一种新型偶然的潜在可能性(the potential for a new kind of contingency)已成为我们身份观的一部分。正如格根(Kenneth Gergen)最近谈到"后现代"自我时所说:

> 一个人的身份不断地出现、不断地重塑,并且随着人在不断改变的关系海洋中移动而不断转向。就"我是谁"这个问题而言,这是个充满了各种暂时可能性的拥挤的世界。①

这一新的范型尚未得到普遍认可,更少有人赞许。许多人发现

---

① Gergen(1991,页139)。

后现代自我的去中心化极具威胁性，甚至是灾难性的；另一些人则为临时身份带来的灵活性感到兴奋。不论人们对此做何反应，事实上，这两大文化现象都在互相加强。重塑自我的能力回答了人们对名声的渴望：如果我[125]不能像某个人这般有名，那么我可以成为另一个人。如果并没有一个必须由恶名支撑的核心自我，那么当我的名声衰落时，损失也就没那么大。

《奥德赛》为这些焦点问题提供了非常有效的视角。英雄对声名的沉迷，以及随之而来的展望自己未来陷入无名时的恐惧，要求他必须成为一个名人。依此观点，不为人知等同于死亡。然而正如我们所见，匿名也有它的用处。这里是一个悖论：将自己聚焦于千百万人崇拜的眼神下，会导致自身与他人的隔离；而成为无名之人却会打开那些对名人关闭起来的大门。天生非比寻常的英雄重返人群将困难重重，而另一方面，没有人比奥德修斯更善于重塑自我，毫无疑问，至少返回故土期间的奥德修斯是第一位后现代英雄。

《奥德赛》中的英雄同时存在于不同的世界中，这也是后现代意识能够接纳甚至欢迎之处。但作为返乡主角的奥德修斯，推动他的目标与格根描绘的那种"不断地出现、不断重建和不断转向"的身份并不一致。相反，在伊塔卡实现的抵家意味着不动（motionless），不能再进行自我重塑。从这些不同的视角出发，我们可以通过分析史诗，帮助我们厘清现存社会中的种种沉迷所带来的影响。对自己连续不断、离心式的改造，势必阻碍返乡的道路，但反过来看，到达中心并在稳定的家庭中自我封闭，麻木也会如期而至。必须有一个中心，但不是那个建立在否定变化的基础之上的中心：游荡的、无名的伪装者必须找到也总是能够找到一条路通往那个神奇的循环（magic circle），让通往不可预料之事的道路保持敞开。乔伊斯最终还是将他那四处漫游的英雄带回了家，他让英雄躺在摩莉·布卢姆（Molly Bloom）身边，躺在那张位于世界中心的床上，正好将他们留在了《奥德赛》所建议的地方：

> 他们相对于自身、相对于彼此都静止了。而在永无变化的空间里的永远变化的轨道上,地球本身的永恒运动裹挟着他们各自和他们一起,分别向西、向前、向右运动。(《尤利西斯》,页606)

参考文献

Amory, A. 1963. The Reunion of Odysseus and Penelope. In *Essays on the Odyssey*, ed. C. Taylor, 100–121. Bloomington: University of Indiana Press.
Anderson, W. S. 1958. Calypso and Elysium. *Classical Journal* 54:2–11.
Austin, N. 1972. Name Magic in the *Odyssey*. *California Studies in Classical Philology* 5:1–19.
Austin, N. 1975. *Archery at the Dark of the Moon*. Berkeley: University of California Press.
Bassi, K. 1999. *Nostos, Domos*, and the Architecture of the Ancient Stage. *South Atlantic Quarterly* 98:415–49.
Bergren, A. 1983. Language and the Female in Early Greek Thought. *Arethusa* 16:69–95.
Beye, Charles. 1966. *The Iliad, the Odyssey, and the Epic Tradition*. Garden City: Anchor Books.
Beye, C. 1987. *Ancient Greek Literature and Society*. 2nd ed. Ithaca and London: Cornell University Press.
Bradley, E. 1976. The Greatness of His Nature: Fire and Justice in the *Odyssey*. *Ramus* 5:137–48.
Brown, N. O. 1947. *Hermes the Thief*. Madison: University of Wisconsin Press.
Buchan, M. 2004. *The Limits of Heroism*. Ann Arbor: University of Michigan Press.
Burnett, A. 1970. Pentheus and Dionysus: Host and Guest. *Classical Philology* 65:15–29.
Byre, C. 1988. Penelope and the Suitors before Odysseus. *American Journal of Philology* 109:159–73.
Calhoun, G. 1934. Télémaque et le plan de l'Odyssée. *Revue des Études Greques* 47:153–63.
Calhoun, G. 1993. *Ancient Epic Poetry: Homer, Apollonius, Virgil*. Ithaca: Cornell University Press.

Carson, A. 1990. Putting Her in Her Place: Women, Dirt, and Desire. In *Before Sexuality: The Construction of Erotic Experience in the Ancient World*, ed. D. Halperin, J. Winkler, and F. Zeitlin, 135–69. Princeton: Princeton University Press.
Clarke, H. 1963. Telemachus and the *Telemachia*. *American Journal of Philology* 84:129–45.
Clarke, H. 1981. *Homer's Readers: A Historical Introduction to the Iliad and the Odyssey*. Newark: University of Delaware Press.
Clay, J. 1983. *The Wrath of Athena: Gods and Men in the Odyssey*. Princeton: Princeton University Press.
Dimock, G. 1956. The Name of Odysseus. *Hudson Review* 9:52–70.
Dimock, G. 1970. Crime and Punishment in the *Odyssey*. *Yale Review* 50:199–214.
Dimock, G. 1989. *The Unity of the Odyssey*. Amherst: University of Massachusetts Press.
Doherty, L. 1995. *Siren Songs: Gender, Audiences, and Narrators in the Odyssey*. Ann Arbor: University of Michigan Press.
Doherty, L. 2002. The Narrative "Openings" in the *Odyssey*. *Arethusa* 35:51–62.
Edwards, A. 1993. Homer's Ethical Geography: Country and City in the *Odyssey*. *Transactions of the American Philological Association* 123:27–78.
Edwards, M. 1975. Type-Scenes and Homeric Hospitality. *Transactions of the American Philological Association* 105:51–72.
Edwards, M. 1987. *Homer, Poet of the Iliad*. Baltimore: Johns Hopkins University Press.
Emlyn-Jones, C. 1984. The Reunion of Odysseus and Penelope. *Greece and Rome* 31:1–18.
Felson, N. 1997. *Regarding Penelope*. 2nd ed. Norman and London: University of Oklahoma Press.
Fenik, B. 1974. *Studies in the Odyssey*. Hermes Einzelschriften 30. Wiesbaden: F. Steiner.
Finkelberg, M. 1991. Royal Succession in Heroic Greece. *Classical Quarterly* 41:303–16.
Finley, J. 1978. *Homer's "Odyssey."* Cambridge: Harvard University Press.
Finley, M. I. 1978. *The World of Odysseus*. London: Harmondsworth.
Foley, H. 1978. "Reverse Similes" and Sex Roles in the *Odyssey*. *Arethusa* 11:6–26.
Frederiksmeyer, H. 1997. Penelope Polutropos: The Crux at *Odyssey* 23, 218–24. *American Journal of Philology* 118:487–97.
Friedrich, Rainer. 1987. Thrinakia and Zeus' Ways to Men in the *Odyssey*. *Greek, Roman, and Byzantine Studies* 28:375–400.
Gergen, Kenneth. 1991. *The Saturated Self: Dilemmas of Identity in Contemporary Life*. New York: Basic Books.
Glenn, J. 1971. The Polyphemus Folktale and Homer's Kyklopeia. *Transactions of the American Philological Association* 102:133–81.
Gregory, E. 1996. Unravelling Penelope. *Helios* 23.1:1–19.
Gross, N. 1976. Nausicaa: A Feminine Threat. *Classical World* 69:311–17.
Hölscher, U. 1939. *Untersuchungen zur Form der Odyssee*. Hermes Einzelschriften 6. Wiesbaden: F. Steiner.

Hölscher, U. 1989. *Die Odyssee: Epos zwischen Märchen und Roman*. Munich: C. H. Beck.
Hyde, Lewis. 1998. *Trickster Makes This World*. New York: Farrar, Straus and Giroux.
Joyce, J. 1986. *Ulysses*. New York: Vintage.
Katz, M. 1991. *Penelope's Renown: Meaning and Indeterminacy in the Odyssey*. Princeton: Princeton University Press.
Kearns, E. 1982. The Return of Odysseus: A Homeric Theoxeny. *Classical Quarterly* 32:2–8.
Kermode, Frank. 1979. *The Genesis of Secrecy: On the Interpretation of Narrative*. Cambridge: Harvard University Press.
Kirk, G. S. 1962. *The Songs of Homer*. Cambridge: Cambridge University Press.
Lateiner, D. 1992. Heroic Proxemics: Social Space and Distance in the *Odyssey*. *Transactions of the American Philological Association* 122:133–63.
Lateiner, D. 1993. The Suitors Take: Manners and Power in Ithaca. *Colby Quarterly* 29:172–96.
Levine, D. 1983. Penelope's Laugh: *Odyssey* 18.163. *American Journal of Philology* 104:172–77.
Levy, H. 1963. The Odyssean Suitors and the Host-Guest Relationship. *Transactions of the American Philological Association* 94:145–53.
Lowenstam, S. 2000. The Shroud of Laertes and Penelope's Guilt. *Classical Journal* 95:333–48.
Mackie, H. 1997. Song and Storytelling: An Odyssean Perspective. *Transactions of the American Philological Association* 127:77–95.
Marquand, P. 1985. Penelope polutropos. *American Journal of Philology* 106:32–48.
Martin, R. 1989. *The Language of Heroes: Speech and Performance in the Iliad*. Ithaca: Cornell University Press.
Merton, T. 1958. *Thoughts in Solitude*. New York: Farrar, Straus and Giroux.
Merton, T. 1967. *The Selected Poems of Thomas Merton*. New York: New Directions.
Mondi, R. 1983. The Homeric Cyclopes: Folktale, Tradition, and Theme. *Transactions of the American Philological Association* 113:17–38.
Morgan, K. 1991. *Odyssey* 23.218–24: Adultery, Shame, and Marriage. *American Journal of Philology* 112:1–3.
Most, G. 1989. The Structure and Function of Odysseus' *Apologoi*. *Transactions of the American Philological Association* 119:15–30.
Murnaghan, S. 1986. Penelope's Agnoia: Knowledge, Power, and Gender in the *Odyssey*. *Helios* 13:103–15.
Murnaghan, S. 1987. *Disguise and Recognition in the Odyssey*. Princeton: Princeton University Press.
Murnaghan, S. 1995. The Plan of Athena. In *The Distaff Side*, ed. B. Cohen, 61–80. New York: Oxford University Press.
Nagler, M. 1974. *Spontaneity and Tradition: A Study in the Oral Art of Homer*. Berkeley: University of California Press.
Nagler, M. 1977. Dread Goddess Endowed with Speech. *Archaeological News* 6:77–85.
Nagler, M. 1990. The Proem and the Problem. *Classical Antiquity* 9.2:335–56.

Nagy, G. 1979. *The Best of the Achaeans*. Baltimore: Johns Hopkins University Press.
Nagy, G. 1990. *Greek Mythology and Poetics*. Ithaca: Cornell University Press.
Newton, R. 1983. Poor Polyphemus: Emotional Ambivalence in *Odyssey* 9 and 17. *Classical World* 76:137–42.
Oates. J. C. 1999. After Amnesia. In *The Best American Essays, 1999*. New York: Houghton Mifflin, 188–200.
Olson, S. D. 1989. The Stories of Helen and Menelaus (*Od.* 4.240–89) and the Return of Odysseus. *American Journal of Philology* 110:387–94.
Olson, S. D. 1990. The Stories of Agamemnon in Homer's *Odyssey*. *Transactions of the American Philological Association* 120:57–72.
Page, D. 1955. *The Homeric Odyssey*. Oxford: Oxford University Press.
Pantelia, M. 1993. Spinning and Weaving: Ideas of Domestic Order in Homer. *American Journal of Philology* 114:493–500.
Pedrick, V. 1988. The Hospitality of Noble Women in the *Odyssey*. *Helios* 15.2:85–104.
Peradotto, J. 1990. *The Man in the Middle: Name and Narration in Homer's Odyssey*. Princeton: Princeton University Press.
Pucci, P. 1979. The Song of the Sirens. *Arethusa* 12:121–32.
Pucci, P. 1987. *Odysseus Polytropos: Intertextual Readings of the Odyssey and the Iliad*. Ithaca: Cornell University Press.
Reece, S. 1993. *The Stranger's Welcome: Oral Theory and the Aesthetics of the Homeric Hospitality Scene*. Ann Arbor: University of Michigan Press.
Reinhardt, K. 1960. *Tradition und Geist: Gesammelte Essays zur Dictung*. Ed. C. Becker. Göttingen: Vandenhoeck and Ruprecht.
Roisman, H. 1987. Penelope's Indignation. *Transactions of the American Philological Association* 117:59–68.
Rose, G. 1967. The Quest of Telemachus. *Transactions of the American Philological Association* 98:391–98.
Rose, G. 1969. The Unfriendly Phaeacians. *Transactions of the American Philological Association* 100:387–406.
Rose, P. 1992. *Sons of the Gods, Children of Earth*. Ithaca: Cornell University Press.
Russo, J. 1966. The Structural Formula in Homeric Verse. *Yale Classical Studies* 20:219–40.
Russo, J. 1982. "Interview and Aftermath: Dream, Fantasy, and Intuition in *Odyssey* 19 and 20. *American Journal of Philology* 103:4–18.
Russo, J. 1997. A Jungian Analysis of Homer's Odysseus. In *The Cambridge Companion to Jung*, ed. T. Dawson and P. Young-Eisendrath. Cambridge: Cambridge University Press.
Russo, J., M. Fernandez-Galiano, and A. Heubeck. 1992. *A Commentary on Homer's Odyssey: Books XVII–XXIV*. Vol. 3. Oxford: Oxford University Press.
Rutherford, B. 1986. The Philosophy of the *Odyssey*. *Journal of Hellenic Studies* 106:145–62.
Schaeffer, J. 1949. *Shane*. Boston: Houghton Mifflin.
Schein, S. 1970. Odysseus and Polyphemus in the *Odyssey*. *Greek, Roman, and Byzantine Studies* 11:73–83.

Scodel, R. 1998. Bardic Performance and Oral Tradition in Homer. *American Journal of Philology* 119:171–94.
Scully, S. 1987. Doubling in the Tale of Odysseus. *Classical World* 80:401–17.
Segal, C. 1962. The Phaeacians and the Symbolism of Odysseus' Return. *Arion* 1:17–64.
Segal, C. 1992. Divine Justice in the *Odyssey:* Poseidon, Cyclops, and Helios. *American Journal of Philology* 113:489–518.
Snyder, J. 1981. The Web of Song: Weaving Imagery in Homer and the Lyric Poets. *Classical Journal* 76:192–98.
Stanford, W. B. 1958. *The Odyssey of Homer.* Vols. 1–2. London: St. Martin's Press.
Stanford, W. B. 1963. *The Ulysses Theme: Studies in the Adaptability of an Untraditional Hero.* 2nd ed. London: Basil Blackwell.
Stewart, D. 1976. *The Disguised Guest: Rank, Role, and Identity in the Odyssey.* Lewisburg, PA: Bucknell University Press.
Thalmann, W. 1984. *Conventions of Form and Thought in Early Greek Poetry.* Baltimore: Johns Hopkins University Press.
Thalmann, W. 1998. *The Swineherd and the Bow: Representations of Class in the Odyssey.* Ithaca: Cornell University Press.
Tracy, S. 1990. *The Story of the Odyssey.* Princeton: Princeton University Press.
Van Nortwick, T. 1979. Penelope and Nausicaa. *Transactions of the American Philological Association* 109:269–76.
Van Nortwick, T. 1980. *Apollonos Apate:* Associative Imagery in the Homeric *Hymn to Hermes* 227–292. *Classical World* 74:1–5.
Van Nortwick, T. 1992. *Somewhere I Have Never Travelled: The Second Self and the Hero's Journey in Ancient Epic.* New York: Oxford University Press.
Van Nortwick, T. 1998. *Oedipus: The Meaning of a Masculine Life.* Norman: University of Oklahoma Press.
Van Nortwick, T. 2001. Like a Woman: Hector and Boundaries of Masculinity. *Arethusa* 34:221–35.
van Wees, H. 2002. Homer and Early Greece. *Colby Quarterly* 38:94–117.
Webber, A. 1989. The Hero Tells His Name: Formula and Variation in the Phaeacian Episode of the *Odyssey. Transactions of the American Philological Association* 119:1–13.
Wender, D. 1978. *The Last Scenes of the Odyssey.* Mnemosyne Supplement 52. Leiden: Brill.
Whitman, C. 1958. *Homer and the Heroic Tradition.* Cambridge: Harvard University Press.
Winkler, J. 1990. *The Constraints of Desire: The Anthropology of Sex and Gender in Ancient Greece.* London: Routledge.
Wohl, V. 1993. Standing by the Stathmos: The Creation of Sexual Ideology in the *Odyssey. Arethusa* 26:19–46.

索 引

[以下为原书页码,在中文版中用行间方括号表示]

Achilles: as foil to Odysseus, 59, 115; and Priam, 63–64, 87, 102; in the underworld, 59–60
Aegisthus: as lacking self-control, 6
Aeneas, 18
Agamemnon: as foil to Odysseus, 115; in Hades, 61
Ajax, 60
Alcinous, 49
ambrosia: as sign of deception, 14
Amphinomos, 101–3
animals: as foil for human society, 69
anonymity: as beneficial to hero, 30, 45, 63, 118–19; as conducive to friendship, 73–74, 103; as death, vii, 30, 63; and *kleos*, 45, 62, 64, 103; as liberating, 124–25; of Odysseus, 30, 45
Antikleia, 60, 117
Aphrodite, 87
Apollo: cattle of, 85, 88, 89; duped by Hermes, 89–90; and Pytho, 50
Ares, 87
Arete, 48
Argos (Odysseus' dog), 69
art: role of in human life, 74, 77
Artemis, 109
Athena: as artist, 29, 35, 77, 122; her disguising of Odysseus, 29; as maternal, 22; as orchestrator of return plot, ix, 12, 34, 35, 37, 39, 46, 68, 77, 95, 102, 104, 113, 114, 117; parallel to Calypso, 22; as protector of Odysseus, ix, 5, 12, 22, 34–35, 66–68
Autolycus, 83, 88

Bassi, Karen, 58
bathing: as threatening to hero, 27, 38, 101

Calypso: compared to Circe, 53–55; as dangerous, 14–15; as detaining woman, 17, 20, 100; as emotionally accessible, 16–17; as liminal, 14; her name, 15; Odysseus and, 12–19, 78–79, 90–91; as singer, 14
cattle of the sun, 61–62
Cicones, 49, 117
Circe: as allegorical, 56; compared to Calypso, 53–55; compared to Penelope, 57; as dangerous to Odysseus, 54–55; as detaining woman, 17, 100; as emasculating, 55; episode as comic, 56; episode as microcosm of return plot, 56; Odysseus and 53–57; as surrogate for Athena, 56

Clytemnestra, 108
comic hero, 25; compared to trickster, 86
comic narrative: characteristics of, 86
Cyclopes, as savage, 48, 51

daimonios/ê, 111–12, 113, 114
Demodocus, 88
detaining woman: Antikleia as, 117; Calypso as, 17, 20, 100; Circe as, 17, 100; Nausicaa as, 17, 27, 38, 100; Penelope as, 17, 38, 63, 79, 100–101, 118; Sirens as, 17, 100
Dido, 18
disguised god, motif of, 70–71

Eidothea, 8–9
Elpenor, 56
Enkidu, 58
Eumaeus: compared to Polyphemus, 68, 80; episode, 68–74; as surrogate for Odysseus, 75–76; and trickster, 94–96
Eurykleia, 36, 37, 41, 111
Eurymachus, 106, 109
Eurynome, 37, 105, 106

Felson, Nancy, viii

gender: in Greeks' view of human experience, 14–15, 27, 36, 48; in the plot of the *Odyssey*, 36–37; in Polyphemus episode, 52
Gergen, Kenneth, 124
Gilgamesh, 58, 61

Hades: episode in, 57–61; as feminized space, 60; journey to as mythic paradigm, 57–58
Hector, 87
Helen, 112, 113; her memories of Odysseus, 8; her treatment of Odysseus at Troy, 27, 38
Hephaestus, 87
Hera, 88

Herakles, 60
Hermes: as agent of Athena, 94; as centripetal, 90; embassy to Calypso, 13–14; in the Homeric *Hymn to Hermes*, 88–90; as male liberator, 48, 99; as trickster, 85, 91
Homeric *Hymn to Hermes*, 85, 88–90
homophrosyne, of Odysseus and Penelope, 112–14
hospitality: as a guide to moral worth, 5, 30; as a method of control, 30, 64; Zeus as guardian deity of, 30
Hyde, Lewis, 84, 85, 91, 92

identity, and fame, 10, 63; and naming, 24, 63
Ithaka, disorder in, 3–6

Joyce, James, 122; his *Ulysses*, 125

kalyptô: thematic use in book 5, 20–22; used by Penelope, 110
katabasis, 59–60
Kermode, Frank, 42, 64
kleos: and death, 16; as isolating, 74, 103; and memory, 22, 91; and *nostos*, 58, 63; of Odysseus, 30
knowledge: as power, 40, 45, 63

Laertes: and Odysseus, 32–33, 96, 104–5
Laestrygonians, 49
Leukothea, 20–21
Lotus Eaters, 49, 117

Maia, 88, 90
Marduk, 50
memory: and order, 19, 22
Menelaus: compared to Odysseus, 9, 12; his confinement in Egypt, 8
Mentes, 5
Murnaghan, Sheila, viii, 35–36, 102

narration: levels of in *Odyssey*, 121–23
nature: and culture, 14, 22; as feminine, 14, 22

Nausicaa: as detaining woman, 17, 27, 38, 100; and Penelope, 48, 107
Nestor: his memories of Odysseus, 7–8

oblivion, as threat to Odysseus' identity, 24
Odysseus: his absence, effect of, 4–5; as agent of change, 53, 91, 93–94; as agent of death, 47–49, 53; background in the *Iliad*, 3, 123; bathing by women, 27, 38; as beggar, 69, 95; as bringer of pain, 49, 53; compared to Achilles, 31, 40; creation of his character in *Odyssey*, 3–5, 25, 33, 36, 74–78, 80–81, 95; as culture hero, 50; as disguised god, 71; double movement of, 94–96; his identity, 19, 23, 24, 33, 36, 39–40, 76–78, 81, 83, 118–19; his journey as centrifugal, viii, x, 39–40, 41, 42, 58, 94; his journey as centripetal, x, 22, 40, 62, 94; and Laertes, 32–33, 104–5; as male liberator, 48, 99–101; his name, 30, 83; and Nausicaa, 26–27; rebirth of, 21–22, 26, 63, 66; his recognition scene with Penelope, 110–12; reconciliation with Penelope, 37–38; his response to Calypso, 17, 18; his self-presentation, 29–30, 66–68, 71–72, 76–77, 80–81, 92; as stranger, 24, 27, 30, 38, 47, 62, 66, 68, 101–3, 119; surrogates for, 74–76; as trickster, 83–84, 90–96, 98–99, 104–5, 119–20, 123
Odyssey: attitudes toward art, 77; book 24, 115–17; as cliffhanger, 31, 118; as comic, 4; compared to the *Iliad*, 31, 40–41; end of as problematic, 31–35, 98, 116; plot of, vii–viii, 4, 10, 13, 23, 24–26, 30–31, 81, 117–18
Oedipus: as stranger, 47
olive: as sacred to Athena, 22, 33

Orestes: as model for Telemachus, 6–7, 32

Patroclus, 87
Penelope: her appearance before the suitors, 106; her attempts to stop time, 34, 107; and Calypso, 110; her character as reflecting double perspective of plot, 108–9, 113; and Circe, 56–57; as detaining woman, 17, 38, 63, 79, 100–101, 118; and Helen, 112, 113; her interview with the beggar, 107–8; and Nausicaa, 48, 107; as paralyzed by grief, 7, 34, 107, 113; as tool of Athena, 34, 106, 107; her reawakening, 105–6; her recognition of Odysseus, 110–12; her ruse of the shroud, 107; and Telemachus, 109–10; her testing of Odysseus, 111–12
Peradotto, John, viii
Phaeacians: as liminal, 49; Odysseus and, 26–29; as overcivilized, 29, 48; punishment of by the gods, 49, 94
Polyphemus: compared to Calypso, 51, 52; as chaos monster, 50; episode, 51–53; as feminine, 52; as sympathetic, 51–52, 93–94; tricked by Odysseus, 93–94
Poseidon: destroys Odysseus' boat, 19; his hatred of Odysseus, 5, 58, 117; his punishment of Phaeacians, 94; sacrifice of Odysseus to, 58;
Priam, 63–64, 87
Proteus, 8–9

rebirth: of Odysseus, 21–22, 26, 60, 63, 66
Ricketts, Mac Linscott, 103

Scylla and Charybdis, 49
sea: as symbol of restless motion, 58
singing: and memory, 14; as seductive, 14, 27–28, 92

storytelling: as characteristic act in *Odyssey*, 121–23; as self-creation, ix, 71–73, 80–81, 92

stranger: in Greek literature, 46; identity of, 47; Odysseus as, 47, 62–63

succession: in Ithaka, 4n4

suitors: families of, 115–16; in Hades, 115; as immature, 99; relatives of, 34–35; as unworthy, 5, 11–12

Telemachia: major themes of, 10–11; ring composition of, 13; view of the past, 9

Telemachus: adventures foreshadow those of Odysseus, 10, 75; as heir to kingdom of Odysseus, 4; journey of, 7–12; surrogate for Odysseus, 75; as symbol of linear time, 34, 120

Theoclymenus, 66; surrogate for Odysseus, 75

Tiamat, 50

time: attitude of Penelope toward, 109–10; and memory, 22; as linear and circular, 23, 104

Tiresias, 58–59

tragic hero: as liminal, 87

tragic narrative, characteristics of, 87

trickster: as agent of change, 89–90, 93–96, 104, 120; as dirt-worker, 84–85, 96, 104; in folklore, ix, 84–86, 103; and hero, 86–88; as liar, 85; Odysseus as, 90–96; as subversive, 84–85; as supernatural, 86–87; as thief, 85; as transgressive, 84–85, 89, 95, 103–4; as usually male, 85–86

weaving, as a sign of deception, 14

Zeus: on flawed nature of mortals, 6; foretells Odysseus' fate, 13; patron of hospitality, 30; reassurance of Athena, 12, 35, 116, 121–22

图书在版编目（CIP）数据

不为人知的奥德修斯：荷马《奥德赛》中的交错世界/(美)诺特维克著；于浩，曾航译.--北京：华夏出版社，2018.10
（西方传统：经典与解释）
书名原文: The Unknown Odysseus: Alternate worlds in Homer's Odyssey
ISBN 978-7-5080-9503-5

Ⅰ.①不… Ⅱ.①诺… ②于… ③曾… Ⅲ.①史诗-诗歌研究-古希腊 Ⅳ.①I545.072

中国版本图书馆CIP数据核字(2018)第136575号

Copyright © by the University of Michigan 2009
All rights reserved

版权所有，翻印必究。
北京市版权局著作权合同登记号：图字01-2015-1363号

不为人知的奥德修斯：荷马《奥德赛》中的交错世界

作　　者	[美]诺特维克
译　　者	于　浩　曾　航
责任编辑	王霄翎　李安琴
责任印制	刘　洋
出版发行	华夏出版社
经　　销	新华书店
印　　装	三河市少明印务有限公司
版　　次	2018年10月北京第1版 2018年10月北京第1次印刷
开　　本	880×1230　1/32
印　　张	6.125
字　　数	149千字
定　　价	45.00元

华夏出版社　网址：www.hxph.com.cn　地址：北京市东直门外香河园北里4号　邮编：100028
若发现本版图书有印装质量问题，请与我社营销中心联系调换。电话：（010）64663331（转）

西方传统：经典与解释
Classici et Commentarii
HERMES
刘小枫◎主编

古今丛编

孟德斯鸠的自由主义哲学
——《论法的精神》疏证 [美]潘戈 著

莫尔及其乌托邦 [德]考茨基 著

试论古今革命 [法]夏多布里昂 著

但丁：皈依的诗学 [美]弗里切罗 著

在西方的目光下 [英]康拉德 著

大学与博雅教育 董成龙 编

探究哲学与信仰
——基尔克果与苏格拉底 [美]郝岚 著

民主的本性
——托克维尔的政治哲学 [法]马南 著

梅尔维尔的政治哲学
——《切雷诺》及其解读 李小均 编/译

席勒美学的哲学背景 [美]维塞尔 著

果戈里与鬼 [俄]梅列日科夫斯基 著

自传性反思 [美]沃格林 著

黑格尔与普世秩序 [美]希克斯 等著

新的方式与制度
——马基雅维利的《论李维》研究
[美]曼斯菲尔德 著

科耶夫的新拉丁帝国 [法]科耶夫 等著

《利维坦》附录 [英]霍布斯 著

或此或彼(上、下) [丹麦]基尔克果 著

海德格尔式的现代神学 刘小枫 选编

双重束缚 [法]基拉尔 著

古今之争中的核心问题
——施米特的学说与施特劳斯的论题 [德]迈尔 著

论永恒的智慧 [德]苏索 著

宗教经验种种 [美]詹姆斯 著

尼采反卢梭 [美]凯斯·安塞尔-皮尔逊 著

舍勒思想评述 [美]弗林斯 著

诗与哲学之争 [美]罗森 著

神圣与世俗 [罗]伊利亚德 著

但丁的圣约书 [美]霍金斯 著

古典学丛编

探究希腊人的灵魂 [美]戴维斯 著

尤利安文选 马勇 编/译

论月面 [古罗马]普鲁塔克 著

雅典谐剧与逻各斯
——《云》中的修辞、谐剧性及语言暴力
[美]奥里根 著

莱园哲人伊壁鸠鲁 罗晓颖 选编

《劳作与时日》笺释 吴雅凌 撰

希腊古风时期的真理大师 [法]德蒂安 著

古罗马的教育 [英]葛怀恩 著

古典学与现代性 刘小枫 编

表演文化与雅典民主政制
[英]戈尔德希尔、奥斯本 编

西方古典文献学发凡 刘小枫 编

古典语文学常谈 [德]克拉夫特 著

古希腊文学常谈 [英]多佛 等著

撒路斯特与政治史学 刘小枫 编

希罗多德的王霸之辨 吴小锋 编/译

第二代智术师
——罗马帝国早期的文化现象 [英]安德森 著

英雄诗系笺释 [古希腊]荷马 著

统治的热望
——修昔底德笔下的阿尔喀比亚德和帝国政治
[美]福特 著

论埃及神学与哲学
——伊希斯与俄赛里斯 [古希腊]普鲁塔克 著

凯撒的剑与笔 李世祥 编/译

伊壁鸠鲁主义的政治哲学
[意]詹姆斯·尼古拉斯 著

修昔底德笔下的人性 [美]欧文 著

修昔底德笔下的演说 [美]斯塔特 著

古希腊政治理论 [美]格雷纳 著

神谱笺释 吴雅凌 撰

赫西俄德：神话之艺
[法]居代·德·拉孔波 等著

赫拉克勒斯之盾笺释 罗逍然 译笺

《埃涅阿斯纪》章义　王承教 选编
维吉尔的帝国　[美]阿德勒 著
塔西佗的政治史学　曾维术 编

古希腊诗歌丛编
古希腊早期诉歌诗人　[英]鲍勒 著
诗歌与城邦　[美]费拉格、纳吉 主编
阿尔戈英雄纪（上、下）
[古希腊]阿波罗尼俄斯 著
俄耳甫斯教祷歌　吴雅凌 编译
俄耳甫斯教辑语　吴雅凌 编译

古希腊肃剧注疏集
希腊肃剧与政治哲学　[美]阿伦斯多夫 著

古希腊礼法
希腊人的正义观　[英]哈夫洛克 著

廊下派集
廊下派的神和宇宙　[墨]里卡多·萨勒斯 编
廊下派的城邦观　[英]斯科菲尔德 著

希伯莱圣经历代注疏
希腊化世界中的犹太人　[英]威廉逊 著
第一亚当和第二亚当　[德]朋霍费尔 著

新约历代经解
属灵的寓意　[古罗马]俄里根 著

基督教与古典传统
加尔文与现代政治的基础　[美]汉考克 著
无执之道
——埃克哈特神学思想研究　[德]文森 著
恐惧与战栗　[丹麦]基尔克果 著
托尔斯泰与陀思妥耶夫斯基
[俄]梅列日科夫斯基 著
论宗教大法官的传说　[俄]罗赞诺夫 著
海德格尔与有限性思想（重订版）
刘小枫 选编
上帝国的信息　[德]拉加茨 著
基督教理论与现代　[德]特洛尔奇 著
亚历山大的克雷芒　[意]塞尔瓦托·利拉 著
中世纪的心灵之旅
——波纳文图拉神学著作选　[意]圣·波纳文图拉 著

德意志古典传统丛编
彭忒西勒亚　[德]克莱斯特 著
穆佐书简　[奥]里尔克 著
纪念苏格拉底——哈曼文选　刘新利 选编
夜颂中的革命和宗教
——诺瓦利斯选集卷一　[德]诺瓦利斯 著
大革命与诗化小说
——诺瓦利斯选集卷二　[德]诺瓦利斯 著
黑格尔的观念论　[美]皮平 著
浪漫派风格——施勒格尔批评文集　[德]施勒格尔 著

美国宪政与古典传统
美国1787年宪法讲疏　[美]阿纳斯塔普罗 著

世界史与古典传统
从普遍历史到历史主义　刘小枫 编

启蒙研究丛编
现实与理性　[法]科维纲 著
论古人的智慧　[英]培根 著
托兰德与激进启蒙　刘小枫 编
图书馆里的古今之战　[英]斯威夫特 著

品达注疏集
幽暗的诱惑
——品达、晦涩与古典传统　[美]汉密尔顿 著

欧里庇得斯集
自由与僭越
——欧里庇得斯《酒神的伴侣》绎读　罗峰 编译

阿里斯托芬集
《阿卡奈人》笺释　[古希腊]阿里斯托芬 著

色诺芬注疏集
居鲁士的教育　[古希腊]色诺芬 著
色诺芬的《会饮》　[古希腊]色诺芬 著

柏拉图注疏集
柏拉图书简　彭磊 译著
哲学的奥德赛——《王制》引论　[美]郝兰 著
爱欲与启蒙的迷醉
——论柏拉图的《会饮》　[美]贝尔格 著
为哲学的写作技艺一辩
——《斐德若》疏证　[美]伯格 著

柏拉图式的迷宫——《斐多》义疏 [美]伯格 著
哲学如何成为苏格拉底式的 [美]朗佩特 著
苏格拉底与希琵阿斯 王江涛 编译
理想国 [古希腊]柏拉图 著
谁来教育老师——《普罗塔戈拉》发微 刘小枫 编
立法者的神学
——柏拉图《法义》卷十绎读 林志猛 编
柏拉图对话中的神 [法]薇依 著
厄庇诺米斯 [古希腊]柏拉图 著
智慧与幸福
——柏拉图的《厄庇诺米斯》 程志敏 选编
论柏拉图对话 [德]施莱尔马赫 著
柏拉图《美诺》疏证 [美]克莱因 著
政治哲学的悖论
——苏格拉底的哲学审判 [美]郝岚 著
神话诗人柏拉图 张文涛 选编
阿尔喀比亚德 [古希腊]柏拉图 著
叙拉古的雅典异乡人
——柏拉图《书简七》探幽 彭磊 选编
阿威罗伊论《王制》 [阿拉伯]阿威罗伊 著
《王制》要义 刘小枫 选编
柏拉图的《会饮》 [古希腊]柏拉图 等著
苏格拉底的申辩（修订版） [古希腊]柏拉图 著
苏格拉底与政治共同体 [美]尼柯尔斯 著
政制与美德——柏拉图《法义》疏解 [美]潘戈 著
《法义》导读 [法]卡斯代尔·布舒奇 著
论真理的本质 [德]海德格尔 著
哲人的无知 [美]费勃 著
米诺斯 [古希腊]柏拉图 著

亚里士多德注疏集

亚里士多德《政治学》中的教诲 [美]潘戈 著
品格的技艺 [美]加佛 著
亚里士多德哲学的基本概念 [德]海德格尔 著
《政治学》疏证 [意]托马斯·阿奎那 著
尼各马可伦理学义疏
——亚里士多德与苏格拉底的对话 [美]伯格 著
哲学之诗
——亚里士多德《诗学》解诂 [美]戴维斯 著

对亚里士多德的现象学解释 [德]海德格尔 著
城邦与自然——亚里士多德与现代性 刘小枫 编
论诗术中篇义疏 [阿拉伯]阿威罗伊 著
哲学的政治
——亚里士多德《政治学》疏证 [美]戴维斯 著

普鲁塔克集

普鲁塔克的《对比列传》 [英]达夫 著
普鲁塔克的实践伦理学 [比利时]胡芙 著

阿尔法拉比集

政治制度与政治箴言 阿尔法拉比 著

莎士比亚绎读

莎士比亚的历史剧 [英]蒂利亚德 著
莎士比亚戏剧与政治哲学 彭磊 选编
莎士比亚的政治盛典 [美]阿鲁里斯/苏利文 编
丹麦王子与马基雅维利 罗峰 选编

洛克集

上帝、洛克与平等 [美]沃尔德伦 著

卢梭集

论哲学生活的幸福 [德]迈尔 著
致博蒙书 [法]卢梭 著
政治制度论 [法]卢梭 著
哲学的自传
——卢梭的《孤独漫步者的退思》 [美]戴维斯 著
文学与道德杂篇 [法]卢梭 著
设计论证
——卢梭的《社会契约论》 [美]吉尔丁 著
卢梭的自然状态 [美]普拉特纳 等著
卢梭的榜样人生
——作为政治哲学的《忏悔录》 [美]凯利 著

莱辛注疏集

汉堡剧评 [德]莱辛 著
关于悲剧的通信 [德]莱辛 著
《智者纳坦》研究版 [德]莱辛 等著
启蒙运动的内在问题
——莱辛思想再释 [美]维塞尔 著
莱辛剧作七种 [德]莱辛 著
历史与启示——莱辛神学文选 [德]莱辛 著

论人类的教育
——莱辛政治哲学文选 [德]莱辛 著

尼采注疏集
尼采引论 [德]施特格迈尔 著

尼采与基督教
——尼采的《敌基督》论集 刘小枫 编

尼采眼中的苏格拉底 [美]丹豪瑟 著

尼采的使命
——《善恶的彼岸》绎读 [美]朗佩特 著

尼采与现时代
——解读培根、笛卡尔与尼采 [美]朗佩特 著

动物与超人之间的绳索 [德]A.彼珀 著

施特劳斯集
原著
论僭政（重订本）——色诺芬《希耶罗》义疏 [美]施特劳斯 [法]科耶夫 著

苏格拉底问题与现代性（增订本）
——施特劳斯讲演与论文集：卷二

犹太哲人与启蒙
——施特劳斯演讲与论文集：卷一

霍布斯的宗教批判

斯宾诺莎的宗教批判

门德尔松与莱辛

哲学与律法——论迈蒙尼德及其先驱

迫害与写作艺术

柏拉图式政治哲学研究

论柏拉图的《会饮》

柏拉图《法义》的论辩与情节

什么是政治哲学

古典政治理性主义的重生（重订本）

回归古典政治哲学——施特劳斯通信集

苏格拉底与阿里斯托芬

研究作品
论源初遗忘
——海德格尔、施特劳斯与哲学的前提
[美]维克利 著

政治哲学与启示宗教的挑战 [德]迈尔 著

阅读施特劳斯 [美]斯密什 著

施特劳斯与流亡政治学 [美]谢帕德 著

隐匿的对话
——施米特与施特劳斯 [德]迈尔 著

驯服欲望
——施特劳斯笔下的色诺芬撰述 [法]科耶夫 等著

施米特集
宪法专政
——现代民主国家中的危机政府 [美]罗斯托 著

施米特对自由主义的批判 [美]约翰·麦考米克 著

伯纳德特集
古典诗学之路（第二版）
——相遇与反思：与伯纳德特聚谈 [美]伯格 编

弓与琴（重订本）
——从柏拉图解读《奥德赛》 [美]伯纳德特 著

神圣的罪业 [美]伯纳德特 著

布鲁姆集
巨人与侏儒（1960-1990）

人应该如何生活——柏拉图《王制》释义

爱的设计——卢梭与浪漫派

爱的戏剧——莎士比亚与自然

爱的阶梯——柏拉图的《会饮》

伊索克拉底的政治哲学

沃格林集
自传体反思录 [美]沃格林 著

大学素质教育读本
古典诗文绎读 西学卷·古代编（上、下）

古典诗文绎读 西学卷·现代编（上、下）

中国传统：经典与解释
Classici et Commentarii
崇文丛书
刘小枫　陈少明 ◎ 主编

论语说义 / [清]宋翔凤 撰
周易古经注解考辨 / 李炳海 著
浮山文集 / [明]方以智 著
药地炮庄 / [明]方以智 著
药地炮庄笺释·总论篇 / [明]方以智 著
青原志略 / [明]方以智 编
冬灰录 / [明]方以智 著
冬炼三时传旧火 / 邢益海 编
《毛诗》郑王比义发微 / 史应勇 著
宋人经筵诗讲义四种 / [宋]张纲 等撰
道德真经藏室纂微篇 / [宋]陈景元 撰
道德真经四子古道集解 / [金]寇才质 撰
皇清经解提要 / [清]沈豫 撰
经学通论 / [清]皮锡瑞 著
松阳讲义 / [清]陆陇其 著
起凤书院答问 / [清]姚永朴 撰
周礼疑义辨证 / 陈衍 撰
《铎书》校注 / 孙尚扬 肖清和 等校注
韩愈志 / 钱基博 著
论语辑释 / 陈大齐 著
《庄子·天下篇》注疏四种 / 张丰乾 编
荀子的辩说 / 陈文洁 著
古学经子 / 王锦民 著
经学以自治 / 刘少虎 著
从公羊学论《春秋》的性质 / 阮芝生 撰

刘小枫集

以美为鉴：注意美国立国原则的是非未定之争
海德格尔与中国
古典学与古今之争 [增订本]
这一代人的怕和爱 [第三版]
沉重的肉身 [珍藏版]
圣灵降临的叙事 [增订本]
罪与欠
儒教与民族国家
拣尽寒枝
施特劳斯的路标
重启古典诗学
共和与经纶
设计共和
现代性与现代中国：现代性社会理论绪论
诗化哲学 [重订本]
拯救与逍遥 [修订本]
走向十字架上的真
卢梭与我们
西学断章
现代人及其敌人
好智之罪：普罗米修斯神话通释
民主与爱欲：柏拉图《会饮》绎读
民主与教化：柏拉图《普罗塔戈拉》绎读
巫阳招魂：《诗术》绎读

编修 [博雅读本]

凯若斯：古希腊语文读本 [全二册]
古希腊语文学述要
雅努斯：古典拉丁语文读本
古典拉丁语文学述要
危微精一：政治法学原理九讲
琴瑟友之：钢琴与古典乐色十讲

经典与解释辑刊

1. 柏拉图的哲学戏剧
2. 经典与解释的张力
3. 康德与启蒙
4. 荷尔德林的新神话
5. 古典传统与自由教育
6. 卢梭的苏格拉底主义
7. 赫尔墨斯的计谋
8. 苏格拉底问题
9. 美德可教吗
10. 马基雅维利的喜剧
11. 回想托克维尔
12. 阅读的德性
13. 色诺芬的品味
14. 政治哲学中的摩西
15. 诗学解诂
16. 柏拉图的真伪
17. 修昔底德的春秋笔法
18. 血气与政治
19. 索福克勒斯与雅典启蒙
20. 犹太教中的柏拉图门徒
21. 莎士比亚笔下的王者
22. 政治哲学中的莎士比亚
23. 政治生活的限度与满足
24. 雅典民主的谐剧
25. 维柯与古今之争
26. 霍布斯的修辞
27. 埃斯库罗斯的神义论
28. 施莱尔马赫的柏拉图
29. 奥林匹亚的荣耀
30. 笛卡尔的精灵
31. 柏拉图与天人政治
32. 海德格尔的政治时刻
33. 荷马笔下的伦理
34. 格劳秀斯与国际正义
35. 西塞罗的苏格拉底
36. 基尔克果的苏格拉底
37. 《理想国》的内与外
38. 诗艺与政治
39. 律法与政治哲学
40. 古今之间的但丁
41. 拉伯雷与赫尔墨斯秘学
42. 柏拉图与古典乐教
43. 孟德斯鸠论政制衰败
44. 博丹论主权
45. 道伯与比较古典学
46. 伊索寓言中的伦理
47. 斯威夫特与启蒙
48. 赫西俄德的世界
49. 洛克的自然法辩难